ちくま文庫

現実脱出論 増補版

坂口恭平

筑摩書房

みんな時間のないころのゆめをみてゐるのだ

宮澤賢治「雲の信号」

プロローグ　現実さんへの手紙

現実さん、こんにちは。

いつも一緒にいるので、こうやって手紙を書くのはとても恥ずかしいし、なにより も難しいのですが、今回は思い切って書いてみることにしました。なぜなら、僕は現実さんと暮らすようになって今年でもう三十六年になりますが、正直言いますと、あなたについては全く分からないことばかりだからです。

僕はずっと、何も疑問に思っていないような顔を装っていたので、こんなことを突然言われてさぞかし驚いていることでしょう。裏切られたと思われてしまうかもしれません。今まで黙っていて、申し訳ないとも感じています。もっと早く伝えればよかったと。

たしかに僕は、一足す一は二と答案用紙に書きました。そして、一足す一が二であるという意味は分かっているつもりです。でも時々、一足す一は本当に二なのかどうか、分からなくなることがあるのです。

たとえば、僕の体は一つであると思いながら、頭を掻くと、髪の毛が何本も落ちますし、爪は切っても切っても伸びてきます。人間には「こころ」というものがあると現実さんは教えてくれましたが、その「こころ」も一つではありませんでした。とても数えられるものではなかったのです。毎日、少しずつ変化し、時には全く別人かと思えるような「こころ」とも出会ったことがあります。

まっすぐの線を引くには定規を使えばいい、ということも教えてくれましたね。僕はフリーハンドで線を引くことが好きだったので、ちょっと嫌だなとあなたに伝えると、学校の授業以外では別に使わなくてもいいよと言ってくれてほっとしたことを覚えています。

その言葉に従って、学校ではあなたの言う「直線」という線を、定規を使って引いてきました。しかしある時、僕は机に突っ伏して寝たふりをしながら、その直線をつい間近で見てしまったのです。すると、わずかではあるが凸凹していました。つまり、定規を使って引いた線は、本当の直線ではなかったのです。

　それでも、現実さんはいつも僕の味方でした。あなたがいるおかげで、僕はこうやって酸素を吸って、家族と一緒に生きることができているわけです。辛いこともちろんありましたが、困難を脱した瞬間、僕はいつもあなたに感謝の気持ちを抱きました。だからこそ、現実さんが教えてくれたことは全て受け入れてきたつもりです。

　しかし、いま述べたような疑問を感じるにつれて、僕はあなたが言っていることが全部正しいわけではないのではないか、と思うようになってしまいました。時には、完全に間違っているとさえ思ったこともあります。

　それは僕の反抗期だったのかもしれません。あなたではなく自分に原因があるのだと、自分を説得してみたこともありました。それでも、一度染み付いた現実さんに対する疑いの念が晴れることはありませんでした。むしろ、年月を重ねるごとに、あなたとの距離はどんどん遠くなっていくようでした。

　そんな時、僕は大事な友人と出会いました。このことも現実さんには一度も伝えていませんでしたね。ごめんなさい。でも、本当は何度も仄(ほの)めかしたんですよ。だけど、あなたは「見えないものは存在しない」の一点張りで、全く聞く耳を持ってくれませんでした。だから、紹介できずにいました。

友達は一人ではありません。実はたくさんできました。ですが、誰一人として現実さんには見えません。僕にも見ることはできないのです。

ただ、その存在を感じることはできました。だからあなたと一緒にいながらも、僕は隠れて遊ぶこともできたのです。あなたは僕と二人っきりで暮らしていると思っていたかもしれませんが、僕はある時から、大家族を追ったドキュメンタリー番組みたいに、大勢の友達と暮らしはじめていたのです。もちろん、あなたも一緒に。

彼らは遊ぶことが大好きで、人から指図されたり、強要されるのが大嫌いです。学校のことなど眼中にありません。もちろん、僕はあなたが将来のために大事だと言うので、彼らが遊んでいる姿を横目に見ながら、毎日学校へ行きました。しかし、帰ってくると、あなたに隠れて、よく一緒にいたずらをやるようになりました。

現実さんが教えてくれたことを彼らに伝えると、みんなは首を傾げるんです。彼らは、僕があなたに感じていた疑問にもいろいろと相談に乗ってくれました。

退屈な時間はなかなか過ぎてくれないものですが、彼らと遊んでいるとあっという間に夜になってしまいます。あなたは時間は均等に流れていると言いましたが、正直、それに同意する人は、彼らの中には一人もいませんでした。むしろ時間は伸び縮みするんだよと教えてくれました。時間だけでなく、空間だって膨張したり窮屈になったりすることも、彼らと遊ぶようになってから体感し、理解できるようになりました。

小学生のころ遊んでいた公園を十年ぶりに訪ねた時、僕はあなたに言いましたよね。「公園が小さくなった」って。すると、あなたは、そんなことはない、この公園は五十平方メートルで十年前から何ら変わらないと言って怒りました。

しかし彼らは、「幼いころは、滑り台しかないこの公園でも、砂も石ころも植物も全部種類が違うし、ゴミだって落ちている……と、いろんなことを発見し、あらゆるものに同じ力で注目している。だから感じる要素が多い。そうすると空間は膨張するんだ。ところが、大人になっちゃうと、ただのみすぼらしい公園だと簡単に判断してしまう。植物だって、全部同じに見えてしまう。感受するアンテナの大きさで、空間というものは同じ面積であっても変化するんだよ」と笑いながら言うのです。

僕は彼らの言葉に納得しました。すると、彼らはあなたを見上げながらこう言ったのです。

「本当は現実さんだって、空間が膨張したりすることを知ってるよ、たぶん」

それはショックでした。彼らはいつだって裏表なく接してくれていたので、僕はそれ以来、あなたのことを信用することができなくなってしまったのです。その日の夜に家出したのは、実はこのことが原因でした。

あれから長い時間が経ちました。その間、あなたのことを考えなかった日はありません。ずっと連絡しないで申し訳ないと思いながらも、自分が納得するまでは会うことができませんでした。

しかし、とうとうその時が訪れたように思います。

これから続く論考には、僕なりの現実さんに対する思いが書き綴られています。また、僕の友達の紹介文も入れてあります。

哲学者でもないのに論考なんか書いちゃって、とまたあなたに怒られるかもしれません。

でも、僕はこう思ってます。

現実さんとは毎日、いや一生付き合うのだから、全ての人間が専門家である、と。

だから調子に乗って「現実脱出論」と名付けてみました。

現実さんがこれを読み終わるころ、また戻ってこようと思っています。

そんなに難しいことは書いていないつもりです。むしろ、とても当たり前のことばかりが並んでいます。もちろん、僕にとっては、ですが。

でもきっと現実さんも分かってくれるのではないか？

今ではそう思えるようになりました。

時々、話が飛躍することもありますが、いつものように怒らないで、「こころ」が落ち着いた時に紅茶でも飲みながらゆっくり読んでみてください。

現実さん、今まで一緒にいてくれてありがとうございました。

ではまた後でお会いできるのを楽しみにしています。

目次

プロローグ　現実さんへの手紙　4

第1章　疑問の萌芽　17

1　現実からの招待状　19
2　それは学習机であり、巣の材料でもある　27
3　膨張する居酒屋　33

第2章　語り得ない知覚たち　43

1　目の創造活動　45

2　臭覚　51
3　匂いの建築　57
4　手が届かない快感　60
5　聴いたことのない懐かしい音楽　63
6　線の言語　68

第3章　時間と空間　75

1　時間について　77
2　空間について　90
3　トヨちゃんのぬいぐるみ王国　99

第4章　躁鬱が教えてくれたこと　113

1　躁鬱という機械　115

2 空き地のような他者の知覚 127
3 機械からの問い 130
4 現実を他者化する 139

第5章 ノックの音が聞こえたら 145

1 ものがたり 147
2 半現実のつくりかた 158
3 振る舞い言語 166

第6章 だから人は創造し続ける 173

1 思考という巣 175
2 創造とは何か 184
3 なぜ思考を伝達しようと試みるのか 193

4　現実へ　202
エピローグ　ダンダールと林檎　211
あとがき　223
第7章　現実創造論　229
――文庫版のための書き下ろし
解説　安藤礼二　268

現実脱出論　増補版

装画　坂口恭平

第1章　疑問の萌芽

江津湖

1　現実からの招待状

「それが現実だから」

現実と呼ばれている世界に、僕はずっと興味が持てず、直視できなかった。

一方、僕の両親は、現実と向かい合い、現実の中で暮らしていると言い張る。そして、僕にも現実を見なさいと促してくる。

避けられない時もあるので、僕だってちらりと垣間見たことはある。しかし、全く面白みを感じることができない。楽しくないのに、どうしてそんな世界にいられるのかと尋ねると二人は決まってこう答えた。

「それが現実だから」

僕にはその意味が分からなかった。そこが居心地の悪い場所なら、自分が気持ち良さを感じることができる別の場所へ行けばいいだけである。しかし、両親はそれはできないと言った。なぜなら現実は一つしかないからだ、と。

岐路に立たされた時、僕のところにいつも現実からの招待状が届く。

その招待状を見た両親や周囲の人たちは喜び、一緒に行こうと誘ってくる。中身を読むと、これから僕がやるべきことが畏(かしこ)まった文章で書かれていた。

しかし、僕にはその意味を理解することができない。両親に質問してみると、実は彼らも完全に分かっているわけではなかった。もしもこれが何かのパーティーの招待状だとしたら、怪しすぎてとてもじゃないが参加したくない。一人でぽつんと留守番しているほうがマシだ。

気乗りしないので躊躇(ちゅうちょ)していると、「現実を見ろ」と叱咤されるようになってきた。しかし、どんなに目を凝らしてもハリボテのようにしか見えない。次第に僕は、現実とは自由参加に見せかけた強制的な催し物なのではないか、と疑うようになってしまった。

僕は両親のことが大好きだったし、それは今も変わらない。だが、現実をめぐる会話になると、自分の中で一番強く結びついていると感じていた「家族」の形が変容していく。

僕が受信していた両親の姿と、両親が口にする彼ら自身の姿。

僕はその二つの像にズレが生じていることを少しずつ体感するようになっていった。

父と母の言う現実

父は現実と出会うことで、自分に才能がないということをヒシヒシ感じたという。夢や希望もないわけではなかったが、現実と出会い、「夢を実現させるために努力することは妄想である」と理解したらしい。三人の子どもがいたことも、その理由の一つだそうだ。

父の言葉をもとに判断すると、現実とは「会社に入ること」と同じ意味のようだ。給料をもらえるということが、現実という世界のボーナスポイントになっているらしい。それにより、「才能がない人間でも、子どもを三人も養うことができる」。父の言葉を聞いていると、なるほどたしかに現実は悪いところでもなさそうに思えてくる。

母は専業主婦なのだが、それでも現実に参加しているそうだ。いつも僕に対して「あなたは夢想家なのよ」と言う。「あなたは頭が良いんだから、大企業の会社員、もしくはお医者さんにでもなりなさい」。作家になってまもなく十年が経つのに、いまだにそう言われることがある。

ここまでくると、むしろ母のほうが夢想家なのではないかと僕は思った。しかしそれを伝えると、いつも決まって怒られてしまう。現実ではオウム返しの質問が禁止されているのだ。そこで僕は口を閉じ、母の言葉を聞いているふりをする。

僕には思春期に訪れるらしい反抗期という時期が全く無かった、と両親に言われたことがある。

たしかに、両親に対して憎しみを持ったり、無関心を装ったりした記憶はない。そのかわり、僕は両親のことを元々あんまり信じていなかった。

なぜなら彼らが嘘をついているように見えたからだ。

父は「名人」

僕にとって父は、ほとんど誰も興味がないことに夢中になれる「名人」だった。父は相撲の時間になると、食い入るようにテレビを見るどころか、スピーカーに耳を当てんばかりに近寄っている。何をしているのかと聞くと、こんな返事が戻ってきた。

「相撲の取組前に呼出しが懸賞金を出したスポンサーの旗を持って土俵を回るんだけど、企業ごとにアナウンスされるキャッチフレーズが違うわけ。NHKは公共放送だから企業名は出せない。だから、そこだけ音量が下がっちゃう。ところが衛星放送だと脇が甘くて聞き取れる。それをメモしているんだよ」

僕はそれを聞いて馬鹿にするどころか、そんなことに夢中になれる父に嫉妬した。僕たちが何気なく過ごしている日々の中で、父はまるで昆虫記を書いたファーブルのように、見落としてしまいそうなほど些細なことを観察していたのである。

「どくそうがんでおなじみの　やまさきていこくどう」

「あいけんのえいようしょく　びたわん」

「なんてんのどあめの　ときわやくひん」

僕は今でもこれらの言葉を呪文のように覚えている。

さらに父は相撲の巡業の前夜祭で唄われる相撲甚句の名人でもあった。

父は会社員だったので、働いている姿は見たことがない。それでも僕はしっかりとその背中を見て育ったと確信している。僕にとって父は、相撲周縁に関する「名人」だったのだ。

母は「目利き」

母はそんな父にがっくりしていた。そのことに僕は幼稚園児のころから気づいていた。六歳になる娘が僕の躁鬱の起伏を受け入れていることから判断しても、こうしたことに気づくのに早すぎるとは思わない。幼子はただ言葉にできないだけで、大人と同じように全部感じているのである。逆に言えば大人も、言葉にしないだけで、実は子どもと同じように繊細に全てを感じている。

母はパッチワークが上手だった。パンを焼くのも得意だった。僕は母が書き込んでいた薄いレシピノートを今でも立体的に思い出すことができる。

さらに母は、器、家具、服など生活全般の「目利き」でもあった。母の目利きによって、自分の興味があること以外は全く無頓着な父でさえ、いつもかっこいい服を着ていた。僕の友人からも「恭くんのおとうさん、お洒落だよね」と言われた。僕にはそれが、微細な色合いの変化も見逃さない母のスタイリングのおかげであることが分かっていたが、黙っていた。

両親は僕にとって模範となるナイスなコンビだった。

しかし、現実に片足を突っ込むと途端に彼らは混乱し、冷静に自らを分析できていないように見えた。だから、僕は時々、二人に助言をした。父と母、それぞれの長所を伝え、むしろそっちを伸ばすべきだと伝えた。すると、彼らは決まって失笑しながら「あなたは夢想家なのよ」と言うのだ。

それには反論がある。なぜなら、僕は長い間、二人の行動をじっと見た結果、彼らを「名人」「目利き」と判断したからである。夢想家ではあるかもしれないが、根拠のない夢を描いているわけではないのだ。人のことを冷静に観察してそう感じたにすぎないのだから、別に高く見積もっているつもりもない。

どうも僕が感じている両親の姿と、両親が捉えている自身の姿がすれ違っているようだ。

現実こそがユートピア？

僕が考えているようなことで食べていけるほど「現実は甘くない」。しきりに両親はそう言った。

そんなの試してみないと分からないと思った僕は、大学卒業後、一日の半分はアルバイトをしながら、残りの半分で本を書いたり、絵を描いたり、話をしたりし始めた。もちろんすぐには食べていけなかったが、七年ほど経ったころには、なんとかアルバイトをしないで済むようになった。

すると今度は、「うまくいっても、それが持続するとは限らない」ことが心配だから、「一度勤めたらもう一生安心な世界である」現実に参入してほしいと言う。現実の姿はまた少し変化していたのである。

僕は、両親が呟く「現実」という世界のことがますます分からなくなった。というより、「現実」と呼ばれる世界のほうこそが、まだ見ぬ理想の世界、「ユートピア」に見えてきた。

しかもそのユートピアは、別に桃源郷のように夢見心地に浸れるわけでも、自由に愛を育むことができるのでも、好きなものを好きなだけ所有することができるのでもないようだ。それは誰もがどこかしら我慢をすることで成立しているように見える。現実というユートピアは、いったい何のためにあるのだろう？

このように「名人」（父）と「目利き」（母）は、現実という世界で少し自信のなさそうな顔をした人間に変装し、僕に「現実とは何か」を問いかけてきたのである。

2　それは学習机であり、巣の材料でもある

建築家になりたかったわけではない

小学生のころ、当時使っていた学習机と椅子を組み合わせ、それに画板の屋根をかけ、毛布で覆って、机の下に布団を敷き詰めた巣のような空間を作った。僕はそれを「テント」と呼んでいた。それを見た父が「建築家という職業があるよ」と教えてくれて、僕は建築家を志すようになった。この話は自著で何度も書いているのだが、今回もまた違った角度から書いてみたい。

同じころ、僕は他にも遊びを考え出した。新聞の折り込みチラシに入っているマンション広告の間取り図に上から落書きして、自分の理想の部屋を描くのだ。この遊びは少しずつエスカレートしていき、斜め四十五度の線を部屋の角から伸ばして「天井高」を作り出し、架空の二階建てのマンションを作ったりするようになった。紙の上なのに、立体的に空間を作り出せることに喜びを見出していたのである。

さらに、二点透視図法を覚えてからは、空中に電車が走る透明のチューブが縦横無

尽に張り巡らされた未来都市を描きまくっていた。

そんなわけで僕は建築家という職業を知り、小学校の卒業文集では建築家になると宣言、そのまま大学では建築学科に入った。

しかし今考えてみると、僕はどうやら建築家になりたかったわけではないのである。僕が興奮したのは、テントを作ったことであり、何の変哲もないマンション広告のチラシの中に、自分の理想の空間を立体的に浮かび上がらせることだった。これらは、建築家の仕事とは実は違う。建築家の仕事は、一度建てたらなかなか壊すことができないし、そもそも依頼されないことには設計することだってできない。

僕は、建築家とは逆行するような行為に惹かれていたのかもしれない。

別の「空間の種」

学習机の巣を作った時、僕が一番驚いたのは、ふだん何気なく使っていたはずの学習机に、実はもう一つ別の「空間の種」が潜んでいたことだった。

巣の材料は、もちろん全て家の中にあるものだ。いつもは家の所々にバラバラに置かれているわけだが、違う用途を与えて組み立て直すと、まるでそのためにあったのではないかと勘違いしてしまうほど、我が家という自然素材百パーセントの巣に生まれ変わった。

さらには、親から怒られた瞬間に、巣の材料は再びそれぞれ元の位置に戻り、僕は何事もなかったようにまたいつもの学習机に座ることができる。この一連の動き、空間の弾力性に僕は魅せられていたのである。

それ以来、僕は気がつくと、自分のまわりに点在するいろんなモノを、巨大なUFOキャッチャーのようなもので宙空に浮かばせては、ああでもないこうでもないと組み合わせ、勝手にもう一つ別の空間を作る遊びをやるようになった。ようするに、僕には新しい何かをゼロから作る関心など、はじめから全くなかったのだ。

目の前にある世界の中から、誰も気づいていない空間を見つけ出す。学習机の巣をはじめとした幼いころの遊びで、僕はこれが自分に向いていることに気づいた。

ただ、そういうことに勘づいてはいたが、なかなか言葉にすることもできないし、そんなことが社会の役に立つとも思えない。そこで、その遊びに一番近そうに見えた建築家という職業を選んだのだ。

現実は本当に一つなのか

しかし、大学で学びはじめてすぐに分かった。僕がやろうとしていることは新しい空間を設計することではない、と。

それに気づいたまではよかったのだが、じゃあ僕に合っている仕事はなんだろう。さんざん探して、唯一、自分の思考と同じだと思えたのが、後に僕が「0円ハウス」と名付ける何軒かの路上生活者の家であった。彼らの家は、僕が作った学習机の巣と同じ思考で作られた建築物だったのだ。

話をしてみたら、やはり彼らも、目の前の世界の中にもう一つ別の空間の可能性を探っていた。そこで、僕は彼らの家をフィールドワークするところから今の仕事をはじめたのである。

これが、僕が「現実は一つである」という考え方に違和感を覚えてしまう理由の発端である。

現実の中の学習机は、実は常に巣を形成する核となる空間を含んでいる。それはもちろん学習机だけでなく、この世界に存在するあらゆるものについても言える。クルクルと折り畳まれた空間の芽があちらこちらに点在しているのだ。

通りを歩いていると、家が立ち並び、アスファルトの道路が横切り、均等に樹木が植えられ、駐車場には車が停められ、公園では子どもが遊んでいるのが見える。しかし、それらは、現実という世界の中でそのように確定しているだけだ。本当は無数の空間が潜んでいる。いや、潜んでいると感じるのは僕の感覚で、本当は飛び出したり、遊びまくったりしているのかもしれない。

新しい空間をつくるということは、古い家を壊して、新築の家を建てることではないと僕は思っている。固まり、変容することがないと誰もが了解してしまった現実という空間に揺さぶりをかけて、見えない振動を起こし、バネ入りのビックリ箱のように新しい空間を飛び出させること。それこそが、僕が幼いころにやっていた「空間をつくる」という遊びだ。

それはすぐに怒られて、壊されるかもしれない。目に見える空間はそれで消滅してしまうが、見えない空間はびくともしない。また、クルクルっと巻かれて現実の隙間にそっと隠れる。

現実には存在しなくても、確かにある

目の前にある現実だけが世界のすべてではないと感じた理由は、このような空間についての疑問以外にもあった。

学習机の巣を作った僕は、結局それに一番近いはずの建築家という職業を選ばなかった。正確には大学で設計を学び、卒業後一年ほど設計事務所に通ったので、選ぼう

とはした。しかし、最終的に選ばなかった。そのおかげで、どうしたらよいのか分からない混沌とした時期が長く続いた。

僕がやろうとしていることは、現実という世界には存在していなかったのだ。建築家が一番近いと思ったけれども、やはりそれは僕がやろうとしていることをかなり切り接ぎしないと合わないなと感じた。

現実に合わせて生きていくということは、このように自分の思考を切り接ぎしないといけないのか。

せっかくこんな思考を持ったのだから、できるだけ生き長らえさせてみたい。これまでの道のりはそんなことができるのかどうかの実験でもあった。そういうことができたのは、僕が「名人」と「目利き」の背中を見ていたからかもしれない。

前述したように、僕はまっさらなところで好き勝手に空想し続けたいわけではない。現実を見つつも、もう一つ別の空間を見つけ出し、自らの思考を切り接ぎしないまま、まっすぐ歩いていく。

これから書くのはそんな方法論だ。

3　膨張する居酒屋

現実逃避と現実脱出のちがい

まずは現実を観察する。

言葉では簡単に書けるが、これを実践するのはなかなか難しい。たとえば、この現実とは全く別の世界に飛んでいくことができたら、現実を客観的に捉えることができるかもしれない。しかし、仮に地球の果てまで空間的に移動したとしても、現実から離れることは永遠にできないのだ。それではただの現実逃避になってしまう。

たとえば、お金がない。仕事がない。人から嫌われている。人と気軽に話すことができない。仕事場で怒られてばかりいる。空気が読めない。引き籠りである。才能がない。孤独である。なんだか知らないがずっと不安を感じている。こんな時、現実逃避したいと誰もが思う。

しかし、現実逃避というのは、「現実」という地面の上で逃げ続ける行為だ。つまり、同一平面上での運動である。これでは逃避すればするほど、本人の意図とは裏腹に、現実の存在感を強化してしまうことになる。

終わりがない現実逃避は、現実という架空の世界地図をどんどん広げていくようなものだ。現実以外にも実は存在している他の複数の世界を、知らぬ間に侵食し、現実という世界で全て覆ってしまう。

僕が考える「現実脱出」とは、現実逃避のことではない。

現実脱出とは、見たくない現実を見ずにすませることではない。僕はこの言葉に、「これまで蓋をしたり、存在を体感しているのに現実的ではないと切り捨ててきたことを直視してみる」という意味を込めている。客観的に見ることが困難な現実を観察するために、現実の中に潜んでいるもう一つ別の空間の可能性を見つけ出す行為と言ってもいい。

だからこそ本書では、ふだんであれば「勘違い」や「思い込み」などと言って削除してしまいそうなことも、できるだけ皮膚に伝わるように書いてみた。見たまま、聞いたまま、匂ったまま、考えたままを記録するよう心がけた。

そのため、誤解や誤謬（ごびゅう）がちりばめられ、全く論理的でない文章が続いていると感じる人もいるかもしれない。僕が現実を唯一の空間ではないと怪しんでいるように、本書も十分に猜疑心を持って読んでほしい。

引越しの時の体感

少し準備運動をしておこう。

僕が時間と空間について感じてきた例をあげてみる。

＊

僕は熊本で生まれてすぐに、福岡の父が勤めていた会社の団地に住みはじめた。三十棟が立ち並ぶ巨大な団地で、幼いころはその団地内が世界の全てだと思っていたほどだ。

新しい団地だったので、昔から人間が暮らしていたという痕跡が全くない。そのことに僕は幼いながらも疎外感のようなものを感じていたが、家族がいるので一番安心できる場所でもあった。次第に団地の外に住む友人もでき、地図が頭の中に少しずつ広がっていった。

九歳になった僕は、しっかりとその町に馴染み、自分が暮らす場所は永遠にこの団地なんだと思い込んでいた。

そんなある日の夕方、台所で夕食の準備をしていた母から、父が転勤することになり福岡を離れなくてはいけないと知らされる。

一学期の終業式が終わると、すぐに引越しの準備がはじまった。段ボールに荷物を詰めていくと、ずっと暮らしてきた部屋が、次第に誰も住んでいない空間のように見えてきた。子ども部屋だったはずなのに、畳の上に座ってもそこが自分の場所であると感じられない。前より狭くなったような気もする。まるで自分の家の中で迷子になったような感覚であった。

同時に時間の体感も変化した。引越しの準備をしている午前中が、とても長く感じられたのだ。それは部屋で迷子になっている僕を介抱してくれるように、自由な気持ちにさせた。夏休みに入っていたということも関係するのかもしれない。すでにカーテンを外していたのか、部屋に入り込んでくる光もいつもより明るく思えた。

慣れ親しんでいた部屋で、僕は疎外感と新鮮さを同時に味わっていた。黄昏(たそがれ)になるとその新鮮さは薄れ、再び引越しをする不安に埋め尽くされるのだが、午前中だけは今まで体験したことのない昂揚が体に漲(みなぎ)った。引越しには全くときめかないのだが、朝の光によって時間が引き延ばされていくのを感じることにはワクワクした。

その昂揚感のまま午前中の荷物整理が終わり、同じ団地に住む友人のところへ遊びにいくと、また変化が襲ってきた。自分自身がこの町の住人ではないように思えてきたのだ。もう会えなくなるからと言って、夜まで友人の家にいることを許され、夕食までごちそうになった。寂しいことは変わらないのだが、体がふっと軽くなっていく。自分の巣である家が空虚になっていくにつれ、重力から解き放たれたような身軽さを獲得していく体験は、引越しという絶望を癒す麻酔薬のように僕を慰めた。日常であるはずの世界で、日常的ではない空間と時間の体験をする。

僕は、次第に引越すのも悪くないのかもしれないと思うようになっていった。

*

居酒屋にて

もう一つ、こんな例はどうだろう。

久しぶりに友人と出会ったので、まだ夕方だがどこかへお酒でも飲みにいこうということになった。ほとんどのお店は準備中だったので、仕方なく駅近くの見知らぬ居酒屋に入った。お店は開いているものの、店員はまだテーブルを拭いたりしている。店内はがらんとして誰もいない。「料理はすぐ出せないんですが、お酒だけならいいですよ」などと言われ、とりあえず友人と小さなテーブルに座る。

こういう時、お客がいないから店内は広く感じるはずなのに、僕はいつも狭く感じてしまう。まだ日も落ちていないから、店内のいろんな細部が見えてしまうせいだろうか。あるいは、人気(ひとけ)のない寂しさがそう感じさせるのか。もちろん店内の面積をメジャーで測って、それと自分が体感している大きさが違うと比べたわけではない。僕は建築学科出身なのに、部屋を見てすぐ何平方メートルか目測することもできないので、正確なことは分からない。でも、たしかに狭く感じるのである。

友人と乾杯し、近況などをよそよそしく話している間は、まだ店内の様子が気になっているのだが、それも話が盛り上がっていくにつれて、気にならなくなるどころか、ふっと視界から消えていく。

しばらくすると、焼き鳥を焼く煙が漂ってきた。店員の声が大きく聞こえる。少しずつお客さんも入ってきているようだ。それでも焦点は友人との会話に合っているので、僕は視界の端や耳や匂いで店内の雰囲気を感じ取っている。

ついつい盛り上がり、気づいたときには数時間経っていた。もう外は真っ暗。話が落ち着いたので、まわりを見渡すと、店内はぎっしり人で溢れ返っている。

すると、今度は不思議なことに店内が広く感じられたのだ。人で満杯なのだから、逆に狭く感じるはずじゃないかと頭では思うのだが、夕方とは比べものにならないほど大空間に見える。まるで居酒屋全体がゴム風船のように膨張したかのようだ。

さっきまで寂しげだった店内は、魅惑的な空間へと変貌している。店の奥で剝がれそうだったポスターも、いい歳の取り方をしたという風情を醸し出している。

さっきまで速かった時間の流れは、停滞し、むしろグルグルと回転しているように感じられる。それぞれのテーブルやカウンターからの笑い声や、店員のかけ声が波のように定期的に聞こえてきては、消えていく。

満足した僕たちが外に出ると、空間や時間は「歪んでいたのが気づかれた、まずい！」とばかりにサッといつも通りの姿に戻っていった。その戻っていく速度は、夏よりも冬のほうが速いような気がする。夏は扉を閉め切っていないからなのか、店の外に出たとしても、まだダラッと伸びている。

数値化不能でもたしかに感じる

以上のような、空間が膨張したり時間が停滞したりする瞬間のほうが、正確に測った体積や、均等に流れているはずの時間よりも真実味を感じてしまう。

といっても僕は物理学者ではないから、事の真相を計算によって解き明かすことはできない。そもそも、このようなことは数字に置き換えられない要素が多すぎる。夕方の黄昏(たそが)れる精神状態や、引越しの喪失感と、新天地への期待感。夏休みの伸びきった時間。久しぶりに友人と会う、ちょっとした緊張と喜び。焼き鳥を焼く煙の匂い。アルコールの度合い。他のお客さんの声の音量。店内の壁のヤニの付着度……。

計算をしようと思って、これらの要素を挙げれば挙げるほど気が遠くなる。僕はこういう謎を見つけることはできるが、今のところ答えることはできない。

しかし、重要なのは、このような空間や時間の変化が、頻繁にではないにせよ、これまでの人生の中でゼロではなかったということなのである。

僕自身、居酒屋が膨張したように体感したことが何度もある。だから、現実という世界、つまり何平方メートルと数字で表せる空間だけが唯一の空間ではないと捉えざるを得ないのだ。

そう考えたところで、なぜかという答えにはいつまで経っても届かないのだが、僕はそれを知ろうとすることこそが思考だと思っている。

現実はなぜ必要か

しかし哀しいかな、そんなことをあんまり考え過ぎていると頭がおかしくなるよ、とよく言われてきた。僕は別に頭がいいわけでもないのに、簡単には解けるわけがない問いをつい見つけてしまうのだ。まるで誰かが勝手に僕の耳にささやいてくるように。

真実を知ろうとする行為は、しばしば「狂気の沙汰」と呼ばれる。この社会では、円周率は「3.1415926535…」ではなく「3.14」もしくは「π」で十分なのだ。集団による社会生活を円滑に進めるためには、単純化する必要がある。現実が持っているそんな一面はなんとなく理解できる。それによって、他者との意思疎通がよりスムーズになるからだ。

個々が持っている独特の感性は、凸凹(でこぼこ)していて統制がとれず、一つのものさしで計測することができない。だから、なるべく均等にしたいという現実の欲望は、集団がうまくコミュニケーションできるようにするためだと考えると、真っ当にも思える。「臭いものに蓋をする」のは怠惰な行為ではなく、集団にとって現実を成立させるための技術なのだ。

もしかしたら、人間は自ら積極的に誤解を作り出しているのかもしれない。全てを認識することなど不可能なのだから、日常生活が行える程度に体感を都合よく歪曲しちゃおうと、体が自然にそうしているのだろう。実際、僕自身もこうやって言葉で書かないと、このような問いの存在をやがて忘れてしまう。

しかし、さっきの居酒屋で僕が感じた空間と時間の変容を友人に伝えると、彼は「たしかにそう感じるかも……」と言ったのである。

現実は広場のようなものだ。その広場は、ある規則に従って余分な情報をカットし、大多数で遊べるようにデータが軽量化された空間、つまりインターネット空間とも似ている。そのために至るところで強引に圧縮された矛盾が表に出てくる。

なぜ、そこまでして現実という仮想空間が必要なのか。

なぜ、しがみついてでもそこで生きていかないといけないのか。

これを考えることは僕にとって切実な問題でもあり、興味深い仕事でもあり、幼いころからずっと続けてきた遊びでもある。

さて、準備運動もほどほどにして、さっそく現実を脱出してみよう。

第2章　語り得ない知覚たち

ラヴィ
Ravi

1　目の創造活動

僕の赤色と娘の赤色

娘が一緒に遊ぼうと言って、折り紙を持ってきた。手渡されたのは一枚の赤色の折り紙。それを見て、僕は幼いころに「みんなには色がどう見えているのか」とよく考えていたことを思い出した。

僕が赤色だと思っているこの色は、他の人にも同じように映っているのか。それが疑問だったのだ。そこで娘に聞いてみた。

「これ何色だと思う?」

「赤色でしょ。パパ、何言っているの?」

今度は色鉛筆を持ってきて、赤系のものを数種類並べ、どれが赤色かと尋ねると、また僕が選んだのと同じものを選んだ。どうやら娘と僕が感じている赤色はかなり一致しているようだ。

しかし、さらに僕は気になる。たとえ赤色として選んだ色が同じだとしても、見えているものが全然違っている可能性も考えられるからだ。しかも、そうなるともうこれは確認のしようがない。

人によって色の微細な差異の感じ方が違うのは、理解できる。色を知覚する目の器官には、人それぞれに個人差があるだろう。だから、赤系の色という同一平面上で違うものを選ぶのは分かる。

しかし、僕にとっての赤色が、娘には僕にとっての青色のように見えているかもしれないという疑問を払拭するのは難しい。人それぞれの赤色が、実はまったく別々の色で、ねじれの位置に漂っている可能性は否定できない。むしろ、現実では同じ赤色を選んでいたとしても、実は違うように見えているのだと考えたほうが自然なのかもしれない。

見慣れた風景が違って見える

僕がそんなことを強く感じるのは、自分の特質によるところもある。躁鬱病によってジェットコースターのような気分の昂揚と絶望を周期的に繰り返す僕は、それぞれの状態で世界の見え方が変化するのだ。まるでリトマス試験紙のように、朝、目が覚めると、僕は視界の鮮やかさ具合でその日の調子を確認することができてしまう。僕にとって、視覚は気分によって二極化しているわけではなく、明暗や鮮明さがグラデーションのようになっている。

調子が良いと感じ、何事にも挑戦したいと意欲が湧いている時には、同じ木に繋っている葉の一枚一枚をいきいきとした違う色として認識することができる。さらには、光の当たり具合とも連動して、それぞれの葉が奥行きを持ち始める。まるで3D映画を観ているかのように立体的に感じられる。

奥行きを感じるとさらに好奇心が高まるようで、僕は緑色にも様々な色合いがあるものだと関心を持ちはじめる。遠くの木の茂みの中に手を突っ込んでいるような気持ちになっていく。太陽の光と木陰と葉の色とそよぐ風。これらが混ざり合って、僕は深い奥行きを持つ立体的な風景を知覚していることを再認識し、わくわくするのだ。まるで初めて目の前の世界を見たような感覚になる。

そして、「そういえば葉の一枚一枚を今まで近づいて観察したことがなかった、それはもったいないことをしたなあ」と思って、しげしげと眺めはじめる。

このとき僕は、誰もが当たり前だと思っている「見る」という行為の舞台裏で、せっせと仕事をしている実働部隊の気配を感じて、創造的な気持ちになる。

いつもの見慣れた風景が、目によって緻密に作られた舞台に見えてくるのだ。

葉の色は毎秒変化している

しかし、鬱状態になると状況は一変する。

視界は曇ったように突然暗くなり、うんざりした目は情報を受け取ることすら拒否しているようだ。葉の色は灰色が混ざっているようにさえ感じ、くすんで見える。ピントもなかなか合わず、視界も狭くなっているような気がする。

気分の起伏だと思っていた僕の症状は、まるで機械のように視覚に影響を与えてくる。ふだん何気なく見ている色というものは、実はラジオをチューニングするように調整されることで確定しているにすぎないと、体で感じてしまうのだ。

このように、僕は自分の特質のせいで、時々ランダムにチューニングがずらされてしまう。これはとても困ったことなのだが、そのおかげで分かることもある。

一つは、僕たちは常に物事を一定に見ているのではないということ。同じに見えていると思っていても、それは体の調子によって実は微妙に変化している。色だけでなく、輪郭線もくっきり鮮明な時とぼんやりしている時がある。僕の場合はその度合いが激しくて、気づかざるを得ないのだ。

さらにもう一つの見方も生まれた。それは僕の身体機能だけでなく、実は葉の色自体も変化しているのではないかということだ。

僕の体と同じように、木の葉だって多様な状態を包含しており、その日の天候や樹木の調子、水の吸収具合などによって色が変わっている可能性も否定できない。僕は日々、同じ葉を見ても、違う色に見えてしまうので、そう考えるほうがむしろ自然だと思った。

葉の緑色は、人間の顔色のように毎秒変化しているのかもしれない。

目による「創造」

気分が沈むと、「また体が故障して困ったな」と思っていたのだが、この振幅のおかげで、色に対しての思考にスイッチが入り、現実への見方が変わってきた。

これを今、僕は、目による「創造」と呼んでいる。別に幻想のような風景を見させてくれるわけではない。ただ、目の動きによって、僕はふと立ち止まり、「見るとは何か」「色とは何か」を考えはじめるきっかけを得たのである。不動なものと思っている色が、実は常に変化しつづける川の水のように流れている。それは幼いころにやっていた、現実の中にもう一つ別の新しい空間を見つけ出す遊びと似ていた。

幼年期の行動と、自分の体の機能が故障したふりをして喚起させていることが酷似しているのは興味深い。

しかしなぜ、この何の役にも立たなそうな、かつなかなか言葉にすることが困難な創造行為を、目という感覚器官が行う必要があるのか。

それは、できるだけ円滑に物事を進めるために、一つのルールに則って人間を動かそうとする現実という空間に対して、体が自然と抵抗しているのではないか、と僕は考えている。目をこらすと、僕の体も、木の葉も、気づけないほどの微かな振動を続けているのだ。現実から脱出するために。

2　臭覚

嗅覚の豊潤さ

僕は甘党ではなく、臭党(くさとう)である。臭いものが好きなのだ。もちろん何が臭いか、臭くないかは人によって異なるし、僕は臭いものが好きなので、そもそもそれが臭いとは思っていないのだが……。

味覚は甘味、酸味、塩味、苦味、うま味の五つの受容体しかないのに対して、嗅覚は一千ほどの受容体があると言われている。味覚であれば五つの感覚の組み合わせで説明がつくが、嗅覚ではそれが千もあるので、確実に知覚していたとしても、人間が言語化できる許容範囲を逸脱してしまっている。その言葉にできないほど混沌とした感覚は、未知の世界であるはずなのにいつも懐かしく感じられ、僕は夢中になってしまう。

口角に溜まった唾を右手で拭き取り、そのまま鼻に近づけ、すっと手から漏れ出る匂いを嗅ぐ。絆創膏を数日間つけたままにしておいた指を嗅ぐ。梅雨時、洗濯物が生乾きになってしまった匂いは嫌な気になるのだが、それが嫌な理由は他人が臭いと思うかもしれないと危惧するためで、僕自身はついつい嗅いでしまう。ナフタレンの匂いを嗅ぐと、家族の写真が詰め込まれた実家のタンスを深夜に家族一団となってまさぐっていた時の光景がフラッシュバックしてくる。つい、家族の脱いだ服や下着が溜まった洗濯物入れから漂ってくる匂いにも敏感に反応してしまう。

臭いと思われている匂いだけではない。

雨上がりのアスファルトから湧き上がる湯気の匂いは、なぜか即座に小学生のころ、友人と遊んでいた時に降ってきたお天気雨を思い出させるし、晴れた日に干した布団を部屋に取り込もうとして鼻腔に入り込んでくる太陽の匂いは、夏休み中にプールで泳いで疲れて昼寝をした時の布団の感触を思い出させる。冬から春になる瞬間の午前中、トロっとしたぬるい空気に乗ってやってくる花の香りには、毎年わくわくするとともに少しだけ緊張感を味わってしまう。

匂いの分子の旅路

……と、文字にしてしまうと、その静止画が僕の脳裏に浮かんでいるように見えるかもしれないが、実際は違う。もっと解像度を上げて観察してみよう。匂いの分子がスペースシャトルのように僕の周辺を飛んでいるところを想像してみてほしい。

匂い分子は静かに宇宙ステーションである僕の人体へと向かっている。入口である顔の手前で速度を緩め、ゆっくりと鼻の穴へと入る。

すると、場面は匂い分子のコクピット内からの視点へと転換し、毛織維質の入口ドアをすり抜けると、巨大な鼻腔空間の細部が見えてきた。そのまま無数の電子盤が埋め込まれ、配管が並ぶ壁で覆われた円筒型の空間を宙空に漂うように進んで行くと、ヘルメットを被った匂い分子誘導員が夜間用のライトスティックを両手に持ち、こっちへ来いと指示している。

誘導員の示すまま奥に進むと、今度は円筒状になっている壁にいくつもの正円のドアが均等に並んでいる。表面には数字が刻印されている。コクピットのフロントガラスからは、他にも数台の匂い分子たちが見える。彼らもまた他の誘導員に案内されているようだ。

しばらくすると、僕は578と刻印された円形のドアの前で停止するよう命じられた。立体駐車場でよく見かける方向転換するための可動式プレートとよく似ている。誘導員がドアの横にあるボタンを押すと、ゆっくりと重そうなドアが回転しはじめた。

ドアが水平になると誘導員はぴょこんとそこに飛び乗り、ライトスティックを振るので近づく。ドアの向こうは細いチューブ状のトンネルになっている。所々、蛍光灯が照っているのでトンネルの中が見えるが、壁は配線、配管でびっしり埋め尽くされており、まるで九龍城砦（クーロン）の外壁のような古びた印象だ。位置につくと、誘導員が親指を立てて、右手のライトスティックを旋回させた。僕はハンドルを前に倒す。すると匂い分子は、曲がりくねったトンネルの中を掃除機で吸い込まれるように突き進みはじめた。どれくらいの時間が経ったのだろうか。機械のようなトンネルを抜けると、そこにはある光景が写真のような平面ではなく、空間として広がっていた。

それはいつかの記憶の空間のようであるが、日付は分からない。というよりも特定の一日、一時間、一分の光景ではない。泳ぎ疲れた僕がテレビのある居間に敷かれた布団の上で昼寝している。

目の前には布団とテレビがあるのだが、「見えている」というよりも、それらを「感じている」。コクピットの中の僕は、つい腕組みをして眉間に皺を寄せるのだが、気づいた時には引っ張られるように次の場面へと移動していく。その場所に留まりたいと思えば思うほど、引力は強くなり、いつのまにかまた別のトンネルに入ってしまった。

今度はとても細いトンネルだ。しかも、一本道ではなく分岐点がいくつもある。匂い分子はどの道を進むのか選べるわけではなく、ただ自動的に移動させられていく。トンネルを抜けると、のっぺりとした平面と立体的な空間の間ほどのもっこりとした景色が広がっていた。しかし、さきほどの昼寝のシーンと比べると臨場感は薄い。そのかわり複数の景色が、細胞分裂するように伸びたり縮んだりしながら変動している。

匂い分子は、トンネルを進むうちに、風によって砂場で作ったお城がさらさらと消えるように、少しずつ摩耗していった。複雑に入り組んだチューブスライダーを縦横無尽に通り終わったあと、匂いは完全に消え、僕は目の前の世界に戻ってくる。

思考の起源

このように、匂いを嗅いだ時に感じる過程を文章にすることはできるのだが、そこで何を見たのか、聴いたのかを言葉にするのは難しい。しかしその時、僕は言葉にできないことに苛立ちを感じるのではなく、むしろその状況に対して豊かな感情を抱く。

匂いによって得られる知覚は、これまでの体験によって無意識に蒔（ま）かれたまま、まだ発芽していない言葉の種に新鮮な水をかける。匂いは言葉になろうとする生命の在（あり）

処を教えてくれるのだ。

だからこそ、豊潤な気持ちになる。匂いによって立ち上がってきたもの、そちらの方が目の前の「空間」よりも、より「空間」らしさを持っているのだ。現実の空間は、それぞれの器官が持つ錯覚、誤解によって成立している。しかし、匂いによってモコモコと泡立てられたものは、自分自身が体感した独自の知覚である。この触ってもいないのに得た触感こそ、僕は「空間」と呼べるのではないかと考えている。

現実は、それを獲得するための手がかりにすぎない。匂いを嗅いだ時のあの言語化できない豊かな感情は、現実というものが、常に変動している多層な空間に一方向から光を当てて投影した仮の世界にすぎないと実感することによって起きる。たとえ自覚はしていなくても、その空間を確実に知覚したのだと勘付く時に、思考がはじまる。

3　匂いの建築

友達の家の匂い

　匂いに関しては、他にもいろいろと思い出すことがある。僕は福岡の団地で暮らしていた時、向かいの棟にいるジュンちゃん、コーちゃん兄弟のところへ遊びに行くのが好きだった。もちろん、他の友人のところにも遊びには行っていた。それでもジュン&コー兄弟の家へ頻繁に行っていた理由は、匂いにあった。僕は彼らが暮らしている家の匂いが好きだったのだ。

　彼らの家には清潔な匂いが漂っていた。朝早く訪ねたりすると、そのさわやかな匂いはいっそう際立ち、一日中、爽快に過ごすことができるような気になった。

　さらに、二人が共有していた子ども部屋がまた素晴らしかった。畳の上に綺麗な灰色のカーペットが敷かれ、ゴミ一つ落ちておらず、二人の学習机は天板が扉を閉じるように折り畳めるようになっていて、いつも整理整頓が行き届いていた。

もちろん、匂いのおかげで仲良くなったわけではないのだが、友人の家に遊びに行くと、その家の匂いが見えないカーテンのように玄関口に垂れ下がっているので、知らぬうちに匂いを求めて遊びに行くようになったのだろう。

人間はみな匂いの世界の建築家

ジュン&コー兄弟の家で満足するまで遊んだあと、自宅に帰ってくる。すると、今度はどこの家にも垂れ下がっていたはずの匂いのカーテンを感じることができない。いったい、自分の家の匂いはどこにあるのか。

探すけれども、見つけられたのは洗濯に使っている洗剤の匂いであったり、父の整髪料の匂いであった。そのような発生源が明確な匂いではなく、家族が活動することによって、少しずつ作り上げられる匂い。友人の家では、そんな匂いによる空間と直に触れていたのだが、自宅では全く感じることができない。最も安心できる場所であるはずの自宅が、一瞬にして未知の空間に見えてきた。

しかし、自宅の匂いを嗅ぐことは不可能ではない。

僕は小学六年生の時に盲腸になった。ところが、僕はただの腹痛だと思ってずっと正露丸を飲みながら我慢していた。それでも痛みは止まらず、とうとう倒れてしまい、病院へ運ばれた。診察の結果、結石が盲腸を突き破り、膿(うみ)がお腹の中に飛び散ってしまっていた。腹膜炎である。即手術となり僕はそのために一カ月半も入院することになった。長期間、自宅を離れるのは生まれて初めての経験だ。膿をお腹から摘出する治療も尋常ではない痛さであった。人生初の危機。しかし、僕はどうにか生き延びて退院することができた。

そして、家族に連れられて自宅に戻って来た時、一瞬だけ我が家の匂いに触れたのである。初めて嗅いだはずなのに、戦いを終えた戦士が自らの集落に戻ってきたような安心感が身を包み、祝福されている感覚さえ覚えた。

その後、高校生の時には足の骨に腫瘍ができ（両親には余命幾ばくもないと告知されていたらしい）、再び二カ月ほど入院した。手術が成功して無事に退院した時、また同じ匂いを嗅いだ。

大学生になってからは、帰省するたびにその匂いの膜を一瞬通過し、ほっとしていた。僕も家族と共に、匂いで空間をつくっていたことに気づいたのである。しかも、その匂いの空間は、どんなに堅固な壁で囲われた建築物よりも安全な避難所のように感じられた。

人間はみな、匂いの世界においては建築家であると言えるかもしれない。

4　手が届かない快感

真っ白い飛行機の中で

真っ白い飛行機に乗っている。内装も座席も添乗員の制服もみな真っ白である。僕はその飛行機に乗り込み、どこかへ向かっているようだ。

しばらくすると、小さな窓から見えていた空が霞(かす)みはじめ、風景すらも真っ白になったので、もうどこから外でどこから機内なのかが分からなくなってしまった。

いったいどうなるのだろうと思っていると、窓の外にあると思っていた雲のような、霧のような、綿状の気体の塊が機内にまで浸透してきた。これはさすがにまずいことになってきたのかもしれないと思い、僕はベルトを外そうとした。

すると、その気体が僕の体にまとわりついてきたのである。気体であるはずなのに、皮膚にしっかりと感じられる。自分の体がありえないほど柔らかいスポンジのようなものに思えて、気体に押されると皮膚が凹(へこ)む触感がある。しかも、現場の緊迫した雰囲気と相反するように、とても気持ちがよい。

視線の先では、非常口ハッチを開けた添乗員が僕に外に出るように呼びかけている。緊急用のスロープでみんな避難しているようだ。しかし、僕はその触感から逃れ難く感じ、つい目を閉じ、その気体と戯れてしまう。

……という夢を数年に一度見る。

いつも同じ夢だ。

そして、その夢の到来が分かって「また来た！」と喜んでいる僕は、またその触感に浸る。しかし、そこで味わった触感を僕は現実では体験したことがない。なんともたとえようのない触感なのだ。

あんなふうに気体に押されたことなんかもちろん一度もない。それなのに、その夢の中の機内でだけ、なぜか当然のように受け入れる触感。

夢ではあるが、たびたび体験しているので、言葉にはどうにかできる。けれども現実では全く実感することができない。このような痒(かゆ)いところに手が届かない快感は、それ自体を摑もうとしても迷宮入りしてしまうだけだ。これはいったい何なのかと、夢の中で体験した感覚を現実の中で知覚しようとしても、すぐに泡となって消えてなくなってしまう。むしろ野生動物だと思って、存在は感じつつも野放しにしておいたほうがいい。

僕はこのような手が届かない実感と出会うと、いつもその風景やその時に感じたことをできるだけあげてみて、耳でも目でも鼻でもない感覚器官を新しく作り出そうと試みる。

すると、五感だけでは掴み取れない、「直観」としか言えない抽象的な機能にスポットライトが当たり、具体的な創造行為が喚起される。

5　聴いたことのない懐かしい音楽

二度と戻れないあの耳

レストランで食事をしている時に、ふと耳に入ってきた音楽に吸い寄せられる。レストランでかかっているからそんなに大きな音量ではない。でも、なんだか気になる。こういう時、ついつい僕は曲名を聞いてしまう。

家に帰って、さっそく教えてもらった音楽家のその曲を、今度は音量を上げてじっくり聴いてみる。そうすると、どうもレストランで味わった感覚とはまるで変わってしまっている。どちらかと言うと、何も知らないで突然聴いたときのほうが良く聴こえたと思うのである。

一度その曲の全貌を知ってしまうと、もう二度と初めてばったりと出会ったときの耳にはなれない。僕はあの耳に戻りたいといつも思う。

たしかに曲自体は何も変わっていない。しかし、明らかに別の曲になっている。これはどういうことなのだろう。

新しい知覚を発見するための装置

僕がふと耳にした音楽に反応するのは、その音楽から新しい感覚を味わったからではない。そうではなく、こんな音楽を聴きたいと常々思っていたのだけど、それがどんな音楽なのかを具体的には想像することができなかった、「ああ、これだったのか」と合点がいく感じなのだ。

つまり、それは僕の中で、音楽という形では具現化されていなかったのだが、鼻歌というか、頭の片隅で「脳歌」のような形で以前から鳴っていた音なのかもしれない。

意識しないままに音楽を聴いていると、時々こういうことが起きる。逆に、こういう音楽を聴こうと意識して耳を傾けても、僕の場合あまり反応しないようだ。僕にとって音楽とは、聴くというよりも、言葉では置き換えられない新しい知覚を発見するための装置である。だから、はじめがあって終わりがある一曲の区切られた音楽だと思って聴いても、頭が活性化されないのだ。

突然聴いた音楽には、一曲の音楽に閉じ込められているはずの「時間」が希薄になっている。だから、いつもは輪っかを描くように閉じている音楽が、両手を開き、他の要素とつながろうとしているように感じるのだ。そんな手によって、頭の中にある脳歌の断片が捲れあがり、僕はその気配に気づく。

勘違いという創造

そんなふうに音を聴いているので、日本の演歌が流れていると思って哀愁に浸っていると、実はそれがカンボジアのポップミュージックだったりする。とにかく勘違いが甚だしい。しかも、これは何も音に限らず、見たり、考えたり、読んだりする時もそうだ。

こういった誤解や勘違いは、現実という世界で生きていくには障害となったり、変な目で見られがちだが、僕はとても大事なエクササイズだと思っている。むしろ、自ら作り出そうと日々試みているくらいだ。

ところが、いつまで経っても、勘違いを故意に作り出すことはできない。僕は創作している時よりも、勘違いをしたと「気づく前」と「気づいた後」の間の空白のほうが、より創造的なのではないかとすら考えている。

それはどんなに熱意を込めたとしても、絶対に自分では作り出すことのできない空間である。かつ、あっと気づいた瞬間に、勘違いであると自覚し、現実へと還ってきてしまう。

それでも、そのほんの一瞬、垣間見ることができる世界がある。時間が停滞し、どんどん膨張していく空間の中で、人々が回転しながら踊り狂っているように感じるそこへ、僕は行きたい、いや戻りたいと願ってしまう。それはもちろん束の間の夢で終わるのだが。

勘違いを故意に作り出すことはできないが、それが生まれやすい環境作りは可能である。そのためには、ある事象を見て「これはこういうものである」と認識しないようにするのだ。僕は情報をできるだけ自分で選択しないようにしている。ただ、受信アンテナだけはいつも磨いておく。

新しい知識を身に付けようとするのではなく、今まで行ったことのない路地を歩く。興味が出てきた本を読みたいけれど、その横に並んでいる本を題名だけで選んだりしてみる。行き先は、自分で決めるのではなく、完全に人任せにする。

おそらく誰しも幼年時代は勘違いの天才であった。ほとんど全て無作為で選択していたはずだ。ところが次第に、人間は自分が本来持っている縦横無尽な興味関心の大きな波に対応するのに疲れてしまい、その波を大幅にカットして、特定の部分だけを洗練させていく。

しかし、幼年時代はそんなことを全くしていなかった。僕にとって幼年時代は、誤解や勘違いについて考えていく上での非常に正確かつ有益なデータである。懐かしんで回帰するのではなく、僕はいつもまだ見ぬ地底都市でも探す勢いで発掘しようと心がけている。

勘違いや思い込みは、現実によって補正されてしまっている思考が、自分自身の完全な思考ではないのだと感じさせるバナナの皮のようなものなのだ。

6　線の言語

「線の言語」とは何か

僕は今、主に本を書いているが、同時に絵も描いている。とは言っても、油絵などではなく、いつも黒ペンか鉛筆を使っているから、ドローイングと言ったほうが近いかもしれない。

僕にとってはドローイングが、執筆と描画という全く正反対の脳味噌を使う仕事同士の重要な橋渡しとなっている。ドローイングによって表出してくる線の軌跡を、僕は一つの「言語」として捉えている。

僕が日々描いている線には、原稿なのか、絵画なのか、計算なのか、というような区別がない。どれも等価値に存在している。何かのチラシの端に無意識に落書きをしていたら、その形が面白いことに気づき、それが新しい絵画作品の元絵になったりする。線は自分で頭の使い方を限定してしまっていることを、その独自の言語で正確に伝えてくれる。

僕はフィールドワークする時に絶対に録音をしない。しかも、取材をさせてもらっている人の話を止めてはいけない。当然、これでは抜け落ちてしまうところもあるのだが、そのかわり「線の言語」でノートにとる。

具体的には、僕が耳や目や皮膚などで知覚した声だけでなく、その声を発している人の周囲の風景、天候、気配を含んだ空間全体を、手で筆記具を動かし、紙の上に定着させようとする。当然、速記になるので読みにくい部分も多い。それでも、線にはそのような現実での意味だけでなく、取材した瞬間の粒子のようなものまでしっかりと染み込んでいる。

後日、スルメを噛み続けるようにその線を読んでいくと、その時の自分の精神状態まで取り込んだ臨場感のある空間がしっかりと立ち上がってくる。録音したものをあとで書き写す作業では、表層の言葉の意味しか追うことができず、空間全体への敬意を払うことができないのである。

ノートに広がる空間

僕はいつも一冊のノートに、あらゆる線を書き込んでいく。

その日の予定、もう少し長いスパンの予定。昨日見た夢の記述、その夢の情景で印象に残った部分のスケッチ、これから書きたいと思う本の構想、その中でタイトルが決まっているものは、勝手に自分でレタリングして、本の表紙のデザインをやってみる。フィールドワークの聞き書き、取材した人の姿格好のスケッチ、取材をしていく中でにょろにょろと飛び出てきた、取材とは関係ないことの思いつき。以前考えたことと関連があると思ったら、数日前に書き込んでいた内容と矢印で結びつける。ただの落書き、その日食べた記録、読んだ本の記録と感想、その本の参考文献も付け加えたりする……。

このようにして、僕はノートをまるで建築のように扱っている。はじめから設計図があるのではなく、周囲に転がっているものを少しずつ拾い集めながら、臨機応変なアイデアに任せて、空間をつくりあげていく。そうすると、瞬間、瞬間では一体何を作ろうとしているのか自分でも全く分からず、頼りなく感じるのだが、長い年月が経ったある日、ふとノートを見ると、壁にぶつかり続けた思考の軌跡が、線を描くという体の運動と共に一つの町を作り上げていたことに気づいたりする。

知覚したことを、体を揺さぶりながら紙に定着させた「線の言語」は、脈絡なく、思考の赴くままに集積され、やがて町のような空間として立ち上がる。

そう考えると、実は現実という空間もまた、何らかの「線の言語」によって形成されているのではないか。

町に並ぶ建物は設計図という線で成り立ち、もっと上から眺めると都市計画自体もそうだ。さらには文字で書かれた法律も「線の言語」と言えるだろう。「暗黙のルール」なんていう透明の線で書かれた言語も現実にははびこっている。

しかし、現実は集団によって作られているので、個々の「線の言語」はどうしても削りとられ、均一な線になってしまう。僕は自分のノートを見ながら、自分は現実という空間から弾き出された「線の言語」を採集していたのだと気づいた。

無意識に描かれた線が醸し出す気配

現実では読みにくい字は排除され、常に一定の形態である書体によって印字される。フリーハンドの線では凸凹してしまうから、建築設計では直線という自然界には存在しない観念のような線の言語が適用されている。

このようにして成り立っている現実という空間に対して、実は誰しもが独自の線の言語を駆使することで現実脱出的な行為を日々行っている。

日記を記したり、手紙を書くことも、そんな型枠にはめられた線からの脱出行為と言えるだろう。その中でも、僕が一番興味を抱くのは、落書きのように無意識に描いてしまった線の言語である。

僕の父は、退屈を紛らわすためなのか、新聞の外枠の何も印刷されていないところによくレタリングを施した文字や漫画を描いていた。何を描いているのだろうと、あとで僕はこっそり見るのだが、レタリングしている文字も意味不明だし、漫画にはストーリーもなければ、その人物が何をやっているのかさえ分からない。

でもそれは紛れもなく父が手を動かして描いたものなので、表面上の意味は分からなくても、思考と体の運動が連動していたという痕跡は嗅ぎ取ることができるし、なによりも、父独自の空間が生み出されていることを感じることができる。人間は「ひっかき傷」のような線を記すことによって、現実に裂け目をつくり出しているのだ。

現実という世界の綻び(ほころび)

たしかに現実も、線の言語によってできた空間の一つである。

しかし、現実の線は、録音したり、録画したりした資料をもとに誰かがあとで書き写しているように感じられる。多くの人の複雑な線の軌跡を集めて平均値をとり、誰にでも合うようにパターン化された既製品の服みたいなものだ。そのため、現実は一見矛盾がないような素振りを見せるが、実はところどころ綻んでいる。

　たとえば、本を作る時に、様々な書体を使って文字を組んでいく。本のタイトルを明朝体で表そうとする。すると時々、パソコン上で寸法を合わせて並べているはずなのに、どうも人の目にはズレているように見えたり、間が空きすぎたりしているように見えてしまうことがある。つまり、ただ単純に正確な寸法で並べれば正しいということではないのだ。そこでデザイナーは、人にどう見えるかを考えながら、上下左右の間隔を微調整する。こうして、人の目に違和感のない文字列ができあがる。

　僕は現代美術の仕事もやっていて、美術館で展示などもするのだが、そこでも似たような局面がたびたび訪れる。下から何センチと正確に測って絵を飾るよりも、遠くから離れて実際に目で見て調整するほうが、水平が取れたりするのだ。もちろん、水平器を当てると微妙に斜めになっていたりもするのだが、人が見るとまっすぐに感じるのだ。僕は大学在学中、大工のところで丁稚奉公していたが、親方はいつも片目で、木の反りや、建物の水平を見ていた。「機械じゃ分からん」と言うのである。

　現実はつい、全て正確に測られた正しい寸法の集合だと思いがちだが、実はこのような複数の「線の言語」がひっかき傷のように入り込んでいる。それらは網の目状に絡み合うことで、現実とは別の空間を作り出す。

僕はそんな香りのような、湯気のような、芽のような予感を察知すると、体の内側から風が吹いたように、目に見える周りの世界が一瞬、大きく膨らんだような感触を得る。

そしてまた、その予感をノートに描き込むのである。

第3章　時間と空間

Shakar

シャンカル

1　時間について

幸福な日曜日の朝

小学生のころ、日曜日はいつもより早く起きていた。家族のみんなは、逆に休みなのでゆっくりと寝ている。とにかく寝起きが良かった僕は、目を覚ますとさっと布団から出て、子ども部屋へと向かう。机の上の片付けを済ませると、さっそく作業をはじめる。取り掛かっていたのは、自作の連載漫画だ。

家族が起きてくる前の静かな朝の時間。この毎週訪れる日曜日の朝こそが、学校の些事(さじ)から遠く離れ、自分の興味があることだけに没頭できる一番幸福な時間であった。躊躇(ちゅうちょ)することなく鉛筆を持ち、白い紙の上にせっせと漫画を描いていたことを覚えている。

今、当時を振り返ってみると、この幸福な日曜日の朝は、朝六時から九時ごろまでだったように思う。もちろん、家族が起き出してきて、朝ごはんを食べてからも、作業は継続していたのだが、そうなるともう違う空間になってしまっていた。

寝室から家族が歩く音が聞こえはじめ、台所で母の包丁の音が鳴り、朝食ができたことを告げる声がするまでの静かな時間。三時間のこの時間が、僕には半日のように長く感じられた。朝食から昼食までの三時間とは比べ物にならないほど、ゆっくりと時が経つのである。

朝の僕は、時間の中に生かされているというよりも、自分の行動がまず先にあって、それに時間が併走してくれているように感じた。時間に追われているという感覚がなかった。

僕は朝食ができたと言われても、なかなか椅子から立ち上がりたくなかった。集中したいからと食べなかったこともある。家族のみんなと混ざってしまうと、それまでゆっくり流れていた時間が、いつも通りの速度に戻ってしまうからである。不思議に思って時計を眺めると、時は均等に流れていることを示している。次第に時間の流れ方が違うという感覚も、丸く削り取られ、ふだんの日常へと馴染んでいってしまう。

時間がゆっくり流れた理由

なぜあの朝の時間は、あんなにゆっくり流れていたのだろうか。

おそらく、朝はすっきりした頭になるので、集中力が途切れず、短い時間に多くの作業を行うことができるからだろう。

さらに、一人で作業していたことも関係があるのではないかと思っている。家族は家の中にいるのだが、みんな深い眠りについている。日曜日だから、早く起きなければいけないという焦りもなく、リラックスした眠りだ。家の中に、いつもの慌ただしさや緊張感はない。そんなゆったりとした時間を、僕一人が贅沢に使うことができるのだ。しかも、勉強ではなく、ただひたすら自分が興味を持っていることに。

だから家族が起き出すと、それだけで僕が感じている時間の流れ方は一気に変化してしまう。直接顔を合わせなくても、隣の部屋から物音や足音が聞こえてくれば、家族の誰かが時間に触れはじめたのだと感じる。

もしかしたら時間というものは、それぞれ個別にあるものではないのかもしれない。むしろ、時間とは集団の中で割り振られているものなのではないか。

午前五時のギアチェンジ

僕はこのような体験を通じて、大人になったら、この日曜日の朝のような時間に多く触れられるような生活を送りたいと思うようになった。孤独でいたい、のではなく、できるだけ一人で時間と併走したかったのである。

だからこそ、今のような仕事の形態になっているのかもしれない。もっとも今は、日曜日は幼稚園が休みの娘と遊ぶことになるので、むしろ平日の朝に幸福な時間を感じるようになったのだが。

僕は朝型の人間なので、仕事は大抵、朝から昼にかけて集中し、基本的に午後はゆっくりしている。しかし、時には深夜まで仕事をすることもある。その時も早朝と同じく家族は眠ってしまっているので、一人での仕事だ。しかし、早朝とは違い、今度は時間の流れが速い。

もちろん、朝とは頭の回転の速度が違うから、同じ時間内での作業量が減るということなのかもしれないのだが、それだけとは言い切れない。集中力が途切れず、仕事をうまく進められたと充実感を感じながら時計を見ると、もうこんな時間なのかとびっくりすることがあるのだ。

どうして、朝と夜の時間の流れ方が違うのだろうか。僕の場合、何時まで仕事をしても、翌朝から用事があるわけではないので、焦る必要はないのに。あるいは、寝ている家族たちの、夜、寝るために使っている力と、朝、もうすぐ起きそうな時に使っている力が違うのだろうか。

いずれにしても、僕の経験から言うと、午前一時から午前四時頃までは時間の流れ方が速い。しかし、午前五時になるとゆっくりになっていく。そこで、書き下ろしの単行本を書く時などは、午前五時すぎに起き出して十二時まで作業する。そうすると、現実に流れている均等な時間の流れではなく、少し伸張した別の世界で集中して書くことができる。

時間との付き合い方を変える

また、僕は小学生のころから一日の時間を円グラフにして、朝一番に今日やることを全て決めていた。こんなことを言うと随分窮屈な人生だと思われてしまうかもしれないが、こうしないと時間に翻弄されて、作業が全く手につかなかったのだ。だから、時間に翻弄される前に、時間とうまく併走する方法を無意識のうちに編み出したのかもしれない。

朝六時に起きて、六時半まで歯磨きと机の整理。そこから九時まで漫画を描く。九時から十時まで朝食。十時から十二時までペーパーファミコン制作（ノートを使ってロールプレイングゲームを作る）。十二時から午後一時まで昼食。午後一時から弟と野球の練習……。

そうやって、夜寝るまでをグラフ化すると、うまく時間と付き合えるようになった。逆に言うと、それによって時間という概念と距離を置くことができたのだ。六時半から九時までは漫画を描くと決めているので、その間は、時計を見ないで、一心に集中する。もうちょっと描きたいと思っても、九時になったらぴたりとやめて、次の作業に取り掛かる。

作業に引っ張られると、時間に追われる。それでどんどん作業が遅れていくと、落ち着かなくなってしまう。どうせ好きなことをやっているのだから、なんでもいいんじゃないかと思うのだが、僕は好きなことでも一つに絞ると、頭が固まってしまい、窮屈さを感じるのだ。

そこで、できるだけ頭の中を賑やかにしておくために、かつ集中力を途切れさせないために、僕は包丁で切るように時間を切り刻み、その間だけ、時間から体と頭を離脱させることにしたというわけだ。

円グラフは次第に、一週間のスケジュール表へと発展し、一カ月のカレンダーを自作するようになっていく。そうすると、〆切もなく、誰からも頼まれていないので、すぐに中断してしまいそうになる漫画やゲームを、完成させることができるようになった。

今、自宅の机の前の壁を見ると、当時と同じように、月の計画、一日の計画、本の章立ての計画、さまざまな違う分野の仕事を統合せず、分裂させたまま、図示している紙が至るところに貼られている。

僕たちは時間から逃げることはできない。

しかし、たとえ時間に窮屈さを感じていたとしても、付き合い方を変化させるだけでうまく併走することができる。僕はこのようにして、時間とのいろんな付き合い方を考えていった。

できるだけ一人で行動する。できるだけ朝早く行動する。できるだけ平日、人が会社で働いて町を歩いていない時に動く。つまり、人の意識が集中していない時空間を、現実の中で探し出す。こういうところにも現実脱出のヒントは転がっている。

九十八歳の坂口恭平

高校生のころ、ふと僕は何歳で死ぬのだろうかと考えた。不思議なことに死ぬことを恐ろしくは感じなかった。分かりもしない未来を妄想すればどんどん不安になるだけなので、あらかじめ死を空想する思考を停止したのかもしれない。

かわりに僕は、こちらから先手を打って、勝手に初期設定をした。

九十八歳で死ぬことにしたのである。

理由は特にない。日本人男性の寿命はそんなに長くないと統計に出ているのかもしれないが、そんなことは気にせず設定してみた。

九十八歳の自分はどんなふうになっているのか。ぼんやりと頭の中でイメージしてみると、それは次のようなお気楽で愉快な姿だった。

*

禿げた頭の男が、サングラスをかけ、陽気なアロハシャツを着てふらふらと歩いている。手に何かを持っている。近寄ってみると、それは古くなった無名ブランドのエレキギターであった。腰に引っ掛けているのは携帯用ギターアンプ。

男は路地を抜けて、人通りのある交差点に差し掛かると、信号待ちをしている人々の前で、ギターを抱え、アンプの電源を入れて、突然弾き語りをはじめた。酔っぱらっているようにも見える。道行く人は立ち止まることなく、全く無視し、信号が青になると去っていった。それでも九十八歳の老人は構わず弾き続けている。

しばらくすると、一台の黒塗りの車が停まった。後部座席に座っていた男性がウィンドウを開けて、声をかけた。

「あれぇ、坂口(さかぐ)っつぁんじゃないですか！　こんなところで何やってるんですかい？」

サングラス姿の老人は気づかずギターを弾き続けている。

「またふらふらしてるんですか……。今日はうちに泊まってって下さいよ」

そう言うと、男性は老人を横に乗せて家に帰っていった。老人は夕食をごちそうになり、お風呂に入り、そのまま寝かせてもらって、また次の日、男性と別れてどこかへ去っていく。そして、再びどこかの交差点で路上演奏を始め、またどこかの誰かに車に乗せられ、食事をごちそうになって……そのまま回り回ってどこかの路上で死ぬ。

*

そんな所持金0円の能天気な徘徊老人を思い浮かべた僕は、それで行こうと初期設定を完了した。十七歳のころだったと思う。

その時、ふと楽になったことを覚えている。いろんなことがあるかもしれないが、最後はそのような愉快な老人となって死ぬ。まず死ぬ瞬間のイメージからはじめたら、この先どんな人生を歩んでいくんだろうなどと考える必要がなくなった。

その後はスムーズに思考が進んでいった。九十八歳の自分がとてもはっきりとした形を持ちだしたのだ。それは未来の姿であるというよりも、むしろ現在、十代の僕の中にも生命を持っているかのように生き生きと闊歩するようになった。

その瞬間、時間の捉え方が歪んだ。ゼロ歳から順番に年をとって九十八歳で死ぬというように、時間は単線的に流れているのではない、と思うようになったのだ。

僕が抱いた時間のイメージは、川の流れのようなものではなく、アコーディオンのような蛇腹状のものだった。十七歳の自分は、ゼロ歳から数えて進んできたのではなく、むしろドレミのような音階の一つのキー（調）のようなものなのではないか。そんな音楽的体験をした。

十七歳の僕が真ん中にいる。鏡と鏡の間に入った時のように、右手にも左手にも自分自身がずらりと並んでいる。鏡と違うのは、右に進むにつれて、自分自身は若返り、左に進むにつれて老けていっていることだ。一番右にはゼロ歳の自分がいる。一番左には九十八歳の自分がいる。まるで分身の術のように九十八人の自分が蛇腹状に横に広がっていた。

さきほど思い浮かべた九十八歳の自分は、未来の姿なのではなく、もうすでにそこに存在しており、十七歳の自分の一部となっていた。音楽の調のように、僕は今たまたま十七歳という調性を持っているだけで、ゼロ歳の自分もまた現在に含まれているように感じることができた。

九十八個の鍵盤が鳴らす音

記憶、現在、未来は、僕にとっては全て一体化した「九十八人の僕」である。しかも、この蛇腹式の楽器は不思議なもので、もっと大きく拡げると、一年単位ではなく、月単位、日単位、秒単位にまで拡大することができる。暫定的に九十八人としているが、潜在的な存在は無限大である。

そこでは、過去と呼ばれているものと未来と呼ばれているものが同じ意味を持っている。五十五歳の自分が何をしているのかを想像することと、十歳の時の記憶は音色こそ違えど、同じ「音」なのだ。

僕は〆切を自分で設定しないと本を書き上げることができないのだが、それと同じようなことなのかもしれない。初期設定であと一カ月しか時間というものが存在しないと決める。そうすると、重力によって下へ下へと流れ落ちるだけだと思われていた液体のような時間は、蛇腹式の音楽へと変換され、人間の創造力という鼓膜を揺さぶり、現実とは別の空間を作り出す。

九十八個鍵盤が並んでいると思えばいい。四歳の鍵盤を押せば、四歳の記憶と感じる音が鳴るわけである。それは過去の音ではなく、今鳴っている音である。また、九十八歳の自分を空想してできた音も同じく鳴らすことができる。そのように捉えることにしたのだ。

周りの人には見えていないと思うが、僕はこの九十八人をずらりと横一列に並べながら毎日歩いている。

四歳の記憶を思い出すのではなく、四歳の自分に声をかけるように鍵盤を弾く。すると、四歳の自分は「僕ならこうするね」とアイデアを出してくる。左を向くと、今度は五十歳の自分が、少しやつれた顔をして、落ち着いた提案をする。そのような方法で思考するようになっていった。

念のために言えば、一年が三百六十五日、一日が二十四時間という現実とももちろん付き合う。現実も、多層的な世界のうちの一つの空間であることは間違いない。現実はただの幻影ではないし、現実があるからこそ、そこから脱出しようとする力も生まれてくるのだから。

こんなふうに決して揺らぐことのないはずの「時間」も、既知のもの、当たり前のことと判断するのでなく、新しく思考することで、伸縮が可能になるのである。

もちろんこれは僕独自のやり方であり、人それぞれの現実からの脱出法があるはずだ。僕は本書で徹底して一つの見方を提示する。一つだけ見つかれば十分なのである。現実の他にもう一つ別の世界が存在するとすれば、それは無限に存在する可能性を否定できないということになるからだ。

2 空間について

無数の視点

子どものころ、両親に連れられてよく劇場へ行っていた。子どものための演劇を見ていたのだ。県立劇場のメインホールには数百人の子どもと親たちが集まっている。僕はその開演前のそわそわした空間が大好きで、劇が開催される日をいつも心待ちにしていた。

一階席に座った僕は、二階席の一番前で興奮している同じ歳くらいの子どもを見上げる。今考えると、舞台に近い一階席のほうがよく見えるはずなのだが、その時の僕は二階席に憧れていた。一階席よりも二階席のほうが、立体的に人間の集まりを感じられるのではないかと思ったからだ。

お祭りの時でもそうだ。お祭りの沿道に立ち並んだ露店で買い物をしている時に、上を見上げると立ち並んだ家の二階から子どもたちが顔を出し、わいわい声をあげている。どうやら親戚か知り合いが来ているらしく、宴会が行われているようだ。

僕は家から祭りの風景を眺めたことなど一度もない。そこで僕は露店で買い物をしながら、ふと頭の中で、二階の窓から祭りの様子を窺（うかが）っている子どもたちの視点を想像したのである。

二階にいる子どもよりも僕のほうが祭りの現場に近いのだから、同じ二階から俯瞰した視点でも、彼らよりもっと詳細な映像をイメージできる。そのとき僕は、より臨場感のある二階からの視点を作り出すことができたと思った。

劇場でも同じように、一階席に座りながら、二階席の視点を想像する。僕にはそれがお決まりの心躍る体験だったわけだが、想像した二階席からの眺めに喜んでいるだけではなかった。二階席からの視点をイメージすることによって、同じ劇場の中なのに、一階席の僕と二階席の見知らぬ子どもが全く違う風景を見ている、ということに興奮したのである。

考えてみれば当たり前のことなのだが、それまで全く気づかなかった。ということは、隣に座っている弟や両親から見えている風景も、僕が見ているものとは違うということだ。もっと言えば、この劇場に座っている数百人全員の見ている風景が違うことになる。

それが一つの劇場の中で起こっている。祭りの中で起こっている。いや、劇場や祭りだけでなく、現実という世界には常にこのような無数の他者の視点が存在している。それは「目の前の空間は一つである」と思い込んでいた僕が、本当にそうなのかと疑問を持つ一つのきっかけとなった。

一つの教室の中に空間はいくつあるか

他者の目に気づき、自分に見えているものが無限にある空間の一つにすぎないと感じた時、僕は賑やかな市場の中に突然放り込まれたような状態になった。のっぺりとしていた現実の隅に幕がかかっていることに気づき、その幕をめくると、均一ではない雑音がそこら中で鳴っていた。

しかも、その感覚は、長い間、忘れてしまっていたことを思い出した瞬間と似ていた。初めて体験した知覚なのに、僕はまるで生まれ育った巣に戻ってきたような安堵を感じたのだ。

この世界は単純ではなく、人間は目に見えているものだけを感じているのでもない。このように空間への疑問が、「目の前の現実が思考を促す一つの装置である」ことに気づかせてくれたのである。

たとえば、三十人の生徒が教室に座って授業を受けているとする。しかし、それは一つの教室ではなく、三十人分の視点があるので三十個（さらに教師も足せば三十一個）の空間があるということになるのではないか。さらに、家で母親が僕の教室での姿を思い浮かべていることも、教室という空間の一つの現れと言えるかもしれない。

そのように考えていくうちに、空間の面積や体積を出して、それが教室であると言われても僕は納得がいかなくなってしまった。

授業中、教科書の内側に置いた漫画本を読んでいる友人にとっては、教室という空間は印象が薄く、漫画によって表出している空間のほうを濃く体験しているはずだし、昼寝している友人の頭の中では夢の空間が広がっているのだろう。僕には一つの教室の中で、いくつもの空間がイクラのように押し競饅頭をしているように感じられた。

人間の眼と動物の眼

ここまで書いてきた空間の知覚は、人間の場合に限っていた。ここに他の動物の視点まで導入すると、空間は文字通り無限に増えていく。

僕たちは他の動物が世界をどのように見ているのか知らない。トンボの複眼は二万個の眼が集まっているらしいが、どのように見えているのか詳しいことは全く分かっていないという。コウモリはよく知られているように、眼で見るのではなく、超音波を発生させる声をあげ、その反響音によって空間を把握する。ハブはプレデターのように赤外線が見えるため、サーモグラフィーのように空間を知覚しているそうだ。

つまり、人間の視界や、空間を把握する方法は、こうした多様な空間把握の中の一つにすぎないのである。僕は現実とうまく付き合えずに困っている時、虫には世界がどのように見えているのだろうと考える癖があるのだが、それは逃避ではなく、「空間とは何か」をもっと考えてみたらどうだ」とくすぐってくる信号なのだと思っている。

人間は何かを「見た」気になっているし、空間を「感じた」つもりになっている。しかし、実際は二次元の図像しか網膜には映っていない。両目の図像がずれていることによって奥行きという「錯覚」を生み出し、それを空間として受け取っているだけなのだ。

同じ空間であっても、僕が知覚しているものと、コウモリが受信しているものは全く違うのだろう。コウモリが音だけで感じ取っている空間は、人間にとっては一見、錯覚した世界に思える。しかしそう思うのは、無意識のうちに人間の目に見えている空間こそが、現実という「正常な世界」だと判断しているからだ。

僕もコウモリもそれぞれ自分に必要な情報を、目の前に広がっている世界から本能的に取捨選択して得ている。つまり、目の前に広がっている世界は、本当はもっと多くの情報量を持っていると考えることができる。

人間には世界は三次元空間として映像化されているが、それは人間だけの視点である。実は三次元以上の空間もそこに展開されているはずだ、と考えるほうが自然だろう。

Iくんが作った恐怖の空間

すでに述べたように、僕は小学校のころに学習机を使って「テント」を作ったり、マンション広告の間取り図に落書きして立体化したりして遊んでいた。そこで生まれる全く別の空間に、ただただ魅了され、興奮していたのである。

そんな僕にはライバルがいた。同じクラスにいたIくんである。

Iくんはクラスの中でいわゆる「いじめられっ子」であった。彼はやせ型で、クラスで一番背が高かった。そして、女性のような言葉遣いをする。他の子どもと明らかに違う雰囲気を醸し出していた。

学校でいじめられているIくんだけが、彼の全てではないのではないか。いじめがピークに差し掛かった時に彼の口から発生する警告音のような奇声を聞くたびに、僕はそう思うようになっていった。

Iくんのことが気になった僕は、彼の誕生日を聞き出し、誕生会を彼の家で開催することを企画する。僕は友人三人を誘い、小遣いを持ち寄ってケーキを購入すると、Iくんの家に向かった。

Iくんは一人っ子で、母子家庭だった。母親は働きに出ていて家にはいなかった。僕たちはケーキを出し、彼を祝った。Iくんは友人と誕生会をしたことがなかったようで、とても喜び、お礼に出し物を見せたいと言い出した。しばらく居間で待っていると、Iくんは一冊の漫画本を自分の部屋から持ってきた。

それは楳図かずおの「神の左手悪魔の右手」という漫画であった。

彼は漫画本を僕たちの方に向けて開くと、いかにもイカれた人のように焦点の合っていないすごい形相を見せ、吹き出しの部分を低い声で語りはじめた。なんと彼はそこに書かれている文字を全て記憶していたのだ。

子どもが読むようなものとは思えないほどグロテスクな絵柄に、友人の女の子たちは恐怖のあまり叫びはじめ、根が臆病な僕は上手に目を逸らした。そんな僕らをよそに、Iくんの世界では、目玉は飛び散り、人体が刃物でずたずたに切り刻まれていく。

彼は絵と声と顔の表情だけで、僕たちの目の前に恐怖の館を立体的に浮かび上がらせた。家庭的な雰囲気が漂っていたIくんの家の居間は、惨殺死体がそこら中に転がった古びた廃墟と化した。

血まみれの現場となった空間は、Iくんの「ハイ！」というかけ声とともに短く響いた手を打つ音によって一瞬にして消え去り、まるで回転しながら様変わりする舞台のように、次は当時流行していたテレビ番組「クイズダービー」の収録スタジオへと変貌していった。

殺人鬼だった彼は司会者大橋巨泉に成り代わり、難しい問題を次々と僕たちに出してくる。当然恐怖におののいていた僕たちはうまく答えられない。すると、司会者であったはずのIくんは突如クイズ王「はらたいら」へと変貌し、先ほどとは違う音色の落ち着いた低い声で答えを放つ。もちろん正解。僕たちは知らぬ間にIくんというメディアの中に取り込まれていった。

そこにクラスでいじめられているIくんの姿はない。むしろ学校での彼は仮の姿なのかもしれないと僕は思った。Iくんは声と顔の表情と少しの道具だけで空間を作り出す、幻術師だったのだ。

幼いころに体験したこれらの空間の芽は、ずっと保留されたまま、僕の思考という土の中に埋まっている。その芽は、今でも時々、コップの底に溜まった沈殿物を棒でかき混ぜるように、僕を攪拌する。すると、凝り固まっていた「空間とはなーんだ?」という小学生の僕が感じていた疑問の粒子が、コップの中に拡散されていく。

3　トヨちゃんのぬいぐるみ王国

トヨちゃんとの出会い

僕が二十五歳の時である。当時、僕は金もなく、仕事もなく、どうにかバイトで食いつなぎながら、やる気はあるのにそれが何のためのやる気なのか全く分からず、悶々としていた。しかし、不安よりも好奇心のほうが旺盛で、金銭的には辛いながらも楽しく暮らしていた。

住んでいたところは、高円寺駅から徒歩七分ほどのボロい木賃(もくちん)アパート。トイレはもちろん共同で、四畳半の部屋が二階建ての小屋に十八個並んでいる。日当りも最悪で、陽の光が少し入るのは朝方だけ。窓を開けていると、隣の一軒家のコンクリート塀の上を歩いている野良猫とよく目が合った。

僕はその家で、昼間から人を呼び、お酒を飲んでは、音楽や芸術のことについて熱く議論をしていた。よくいる芸術家かぶれのどうしようもない若者であった。ＣＤの音量も最大で、苦情が来ていないのだから問題ないと判断していた。家の鍵はかけたことがなく、我が家は誰でも気軽に入れる公共施設だと人には伝えてあった。

ある日、いつものように仲間と一緒に酒を飲んでいると、突然、ドンという音がした。驚いてドアのほうを見ると、外に開くはずの扉が玄関側にめり込んでいる。僕はどうにか扉を外側へ押し戻し、廊下へ出た。

真っ青な顔をした三十歳代の男性がちょうど共用トイレから出てきたので、尋ねてみた。おかしなことに、同じ一階に住んでいるはずの彼のことを僕は一度も見たことがなかった。彼は開口一番「うるさいんだよ」と吹きかけるような小さな声で言った。うるさいならちゃんとノックして注意すればいいだろうと逆切れした僕の顔を見ると、男性は突如項垂(うなだ)れ、廊下にへたり込んだ。そして、泣きながらこう言ったのである。

「実は自殺をしようとしていた。助けてほしい」

意味の分からない僕はとりあえず彼の話を聞くことにした。

トヨちゃんの苦悩

彼は豊田くんという名前らしく、僕はすぐに「トヨちゃん」と渾名(あだな)をつけた。トヨちゃんはなんと僕の対面の部屋に住んでいるという。見たことがなかったのは五年もの間ずっと引き籠っていたからだった。

年は三十歳。仕事をしても人間関係でうまくいかないので会社勤めを諦め、両親からの月五万円の仕送りで生活をしている。もう死んだほうがいいと思い決意したが、なかなか実行できず、最終的に助けを求めるように僕の家のドアを蹴ったという。

話を聞いていると、あまりにも辛そうなので、「自殺したくなるのは理解できる。僕も君だったら諦めるかもしれない。だから僕は君が自殺したとしても否定しない。一緒に、どうすれば苦しまずに死ぬことができるかを考えよう」と言った。すると、彼は次第に青ざめて、しまいには死にたくないと言い出した。

しめたと思った僕は、それならばどうしたいのかを問いただした。

すると彼は、もう一度ちゃんと働いて「普通」の生活をしたいと言った。会社に入って、週五日働いて、同僚と仲良くなれないとしても、それなりに会話が弾み、給料も悪くなく、休みにやりたいことをして、日当りの悪いこんな部屋から抜け出したい、と。

僕なんかトヨちゃんが求めているようなことは一切実現できていないけど、それでも楽しいぞ、と言っても聞く耳を持たない。トヨちゃんは、とにかく現実の世界の中に入りたい、そうしないと死んでしまいそうだと言うのである。

死んだら嫌だなと思った僕は、「トヨちゃん現実一体化プロジェクト」に参画することを決めた。「普通になろう運動」である。

現実から身を守るには

これまで書いてきたように、この世界に転がっているものはどれも複雑怪奇極まりないにもかかわらず、「現実」はその端数どころか、少しくらい姿形を強引に切り落としても構わないとばかりに物事を単純化する傾向がある。そんな世界で身を守るには、とにかく相手の言いなりにならないことだ。

かといって、自分のやりたいと思うものはなかなか見つからない。現実の中に小さな綻びを見つけ、それを少しずつ広げていく必要がある。

そこで僕は、欲望を三つに絞って、それ以外は一切無視するのはどうかと提案した。

トヨちゃんが決めた欲望は以下のとおりである。
①高円寺から歩いて行ける仕事場(中野駅、高円寺駅、阿佐ヶ谷駅周辺)
②月給二十万円以上
③英語とパソコンを使う仕事(その二つが取り柄でしかも好きだと彼が言った)

彼は一張羅のスーツとシャツをクリーニングに出すと、毎日ハローワークに行って、この三点縛りに該当する仕事だけを探すことにしたのである。

するとニ週間後、彼は赤ら顔で僕の家にやってきた。

「中野駅近くの材木屋の二階にある、アメリカ製の文房具用品をパソコンで貿易している会社に、月給二十一万円で決まりました！」

こうして自分の欲望を単純化し、現実の中でストライクゾーンを設定した彼は、無事に面接にも合格し、晴れて望んでいたサラリーマンになった。

トヨちゃんは就職活動中によくビールを差し入れに持ってきてくれたので、二人でいろいろと話をしたのだが、彼は独特の考え方を持っていて、それがとても興味深く、何もそんなにサラリーマンにこだわらなくてもいいいんじゃないかと思ったりもした。

それでもトヨちゃんが就職が決まったことを喜んでいるので、僕はほっと安心したのである。

トヨちゃんの部屋にいた友達

その後、僕は彼の部屋に招かれた。

しかし、扉を開けると部屋は真っ暗。僕は電灯をつけるためにスイッチに手を伸ばした。すると彼は無言で睨み、僕の動きを止めた。そして、ぼそっとこう言った。

「ライトはつけないでほしい。明るくなってしまうと、僕の友達がみんな消えてしまうんだ」

何のことやら分からない僕は、彼の誘導に従い、ゆっくりと部屋に入っていく。ずっと敷かれっぱなしの布団が部屋の大半を占めている。その時、何か獣のような物体が動いた気配がした。周囲を眺めると、カーテン越しの薄暗い光が、布団の周りに並んでいる五体のボロボロになったぬいぐるみを淡く照らしている。

トヨちゃんの友達とは、この五体の古いぬいぐるみのことだったのである。

彼は「信じてもらえないかもしれないけど……」と断りを入れてから、自分がぬいぐるみと会話できることを僕に告げた。

蛍光灯や太陽の光で部屋が明るくなってしまうと、彼らはただのぬいぐるみに戻ってしまうのだという。しかし、カーテンから漏れる薄明かりなら大丈夫らしい。それで五年もの間、僕の向かいで暮らしていた彼は、ずっとカーテンを閉め、友達と部屋に籠って遊んでいたのだ。

トヨちゃんは小さいころに両親に買ってもらったぬいぐるみと、いつも話をしていたそうだ。それを大人になっても変わらずやっていたので、今でも話せるのだという。

当時は意味が分からなかったが、たしかに僕の六歳の娘もぬいぐるみと話しているし、さらに僕の目には見えない「よっちゃん」という女の子の友達までいるみたいだから、あり得ない話ではない。

トヨちゃんによると、この五匹の友達が、僕に助けてもらえと指示したそうだ。

僕は一応、五体のぬいぐるみたちに「再就職おめでとうございます！」と挨拶をした。

しばらくしてトヨちゃんは無事、彼が「普通」だと思っているサラリーマンになり、高円寺のボロ小屋を出ていった。次の部屋もまた薄暗い部屋になるのだろうか。

人間の本能的な技術

トヨちゃんの「ぬいぐるみ王国」は、多くの人には薄気味悪がられるかもしれない。しかし、僕はこれこそが自分の作り出した空間であり、現実とは別の世界そのものだと思うのだ。

大人になってもぬいぐるみ、つまり生命が宿っていない（と思われている）ものと会話できる人はゼロではないが、やはり少ない。僕は、太古から人間が培ってきたもう一つの本能的な技術を見せられた気がした。

トヨちゃんだけではない。先述した娘の友達「よっちゃん」もそうだし、路上生活者のフィールドワークをしているときにもよくそのような体験をしている人に遭遇した。

たとえば、ゴミ袋の中から貴金属を拾い集めることで月に五十万円ほど稼ぎ、ホテル暮らしをしているリッチな路上生活者の佐々木さん。彼は、「どのようにして貴金属を見つけるのか」と質問した僕にこう答えた。

「ゴミ袋の山をじっと見ていると、後ろから大漁旗を掲げた漁船に乗った祖父が声をかけてくるのよ。あれだ！　ってね。それで、祖父が選んだゴミ袋を開けてみると、ほぼ百パーセント、ジュエリーが入ってる」

佐々木さんの祖父は漁師だった。もう亡くなっている。しかし、佐々木さんが知覚している世界では、現実ではあり得ないことに死者であるはずの祖父が漁船に乗って、佐々木さんに声をかけるのだ。

また多摩川で暮らすコンさんは、ゴミ捨て場に捨てられているいろんな電子機器などを拾い、転売することで生計を立てているのだが、時々、神様が捨てられているのに遭遇するという。コンさんは捨てられている神様を可哀想に思って、売り物にはならないのに拾ってくる。

そんなわけでコンさんの自作の家のリビングルームには、無数の、しかもあらゆる宗教の神様たちが勢揃いしている。無国籍、複数の宗教がミックスしすぎて、それは祭壇というよりも、おとぎの国のように僕には見えた。

しかも神様なので、みんな穏やかな微笑を浮かべている。そのため、コンさんの家は清々しく剽軽な空間に満ちていた。毎回、食事をする時は、みんなで「いただきます」と言うのだそうだ。神様たちと話をすることもできると言った。そのおかげで路上生活をしているはずなのに、一度も食べられなくなることがなかったとも。コンさんはいつも「自分は幸せだ」と言っていた。

現実の持つ排除機能

僕自身も躁状態の時は、どこからそんな言葉が飛んでくるのだと思うほど、頭の中に今まで使ったことのない言葉が溢れてくる。きっと無意識のほうに追いやられていた記憶などが、突然、蘇ってくるのだろう。ほとんど自動筆記のように書くのである。しかも、今ではそれが僕の仕事になっている。

先日『徘徊タクシー』という小説を書いたのだが、その元になったのは僕が曾祖母から聞いた何気ない一言である。彼女は認知症だったのだが、熊本の祖父母の家の周辺を一緒に散歩していたら、そこを山口県だと言っていたのだ。はじめは勘違いかと思ったし、周りの大人たちはみんな「おばあちゃんはボケてるから」と言うのだが、僕はふと「もしかしたら曾祖母は、現実とは別の空間で山口県に行っていたのかもしれない」と思ったのだ。

これらの人々は、現実では路上生活者、精神障害者、認知症患者などと枠にはめられてしまう。そして、現実的にはあり得ないことや、捉えることのできないことをする人間として、すみやかに排除される。もちろん、安定した社会を円滑に進めていくという目的のために。

しかし、果たしてそれでいいのだろうか。

トヨちゃんはどうにか自分の複雑な思考を抑制し、欲望を単純化することで、無事にサラリーマンにはなった。もし引き籠ったままだったら、本当に自殺してしまったのかもしれない。トヨちゃんは現実と一体化することで救われたのだ。

だからといって、現実が持っている排除機能をそのままにしておいてよいとは思えない。それぞれの人が持っているそれぞれに固有の空間認識、知覚の在り方を、そのまま切断せずに、それでも集団として社会を形成するには、一体、どのような方法があるのだろうか。

本当はみんな知っている

　僕たちは、簡単に知覚しうるものだけで構成された「現実」という名の立体空間を、無意識下で作り上げた。さらに集団を形成することで、「社会」と呼ばれる、言葉をもとに人間を管理し、抑制する空間も生み出した。

　もちろんそれらは、個では生きることができない人間にとって欠かすことのできない装置である。普通や常識という概念や尺度も、馬鹿にはできない。それによって、円滑に社会が進むのは事実だ。現実という指針があるからこそ、危険を感じ、身を守ることができているのだろう。

　しかし、それが肥大化していくにつれて、僕たちは、トヨちゃんにとっての「ぬいぐるみ王国」のような空間を失ってしまったのではないか。いや、僕がこれまで書いてきたように、本当に失われたわけではない。そういう空間が目の前に潜んでいることに気づけなくなっただけなのだ。

　ただ、そういう空間が存在することは、実は誰もがみんな知っている。決して忘れたわけではない。

現実という傘の下で無理矢理生かされていると思っている人間は、それが本当は違うのではないかとどこかで思っている。自分たちが忘れたと勘違いしている「別の空間の芽」が露になるコンクリート（現実）の裂け目を、いつも探している。

独自の知覚を自分の手で破壊している

僕たちが陥りがちな「現実という唯一無二の世界に生きている」という誤解は、一人ひとりが持っている独自の知覚をどんどん破壊しているような気がする。それは自然破壊とも似ている。

根こそぎ掘り起こして全てをコンクリートで埋め尽くすという、僕が学生のころに違和感を感じた建築の状況と同じようなことが、人間の空間知覚に関しても行われてきたのではないか。

人間は「空間をいかに認識するのか」という生き延びるための技術を、自らの手で破壊しているのではないか。

そうだとすれば、それは一つの集団自殺である。

僕はトヨちゃんの「普通になろう運動」とその後の「ぬいぐるみ王国」を同時に体験して、そんなことを思った。

彼は今、「普通」になって幸福なのだろうか。もちろん、あのまま引き籠っていては現実に抹殺されてしまっただろう。しかし、それ以外に方法はなかったのか。独自の思考、空間認識、知覚を、現実に呑み込まれずに保持する生き方はなかったのか。集団の中にいながら、初めて出会った人間どうしが、独自に作り上げた空間知覚によって対話する社会とはどのようなものか。

僕にとって、そのような問いが、自らの創造へとつながっていったのである。

第4章　躁鬱が教えてくれたこと

Sital

シタール

1　躁鬱という機械

おんぼろトラックとF1車

躁鬱病は病気というよりも遺伝的な体質である。そのため、うまく管理することで症状を抑えることは可能だが、完全に治癒することはない。つまり、僕の体はもともとこのような機械を搭載していたのだと捉えるしかない。

生きているかぎり、体という乗り物を取っ替えるわけにはいかない。この乗り物が動き続けるまでが人生だ。ならば、それを上手に操縦できるように、運転技術を向上させればいい。

ところが、僕の乗り物は全く不可思議な動きをするので、なかなかうまくいかないのだ。

躁鬱という状態がどういうものなのか、なかなか人に伝えるのが難しいのだが、僕の乗り物を車にたとえるとこんな感じになる。

＊

廃車寸前のトラックの修理が終わってみたら、突然、おんぼろトラックがピカピカの流線型の車体に変貌している。そんなはずはないとはじめは疑うのだが、運転席に乗り込むと、ボロボロだったハンドル周辺はデジタル式の最新型に変わっており、速度メーターも新調されて、マッハまで出せるようになっている。

気づいた時には、毎日修理をしながら、どうにかクラッチをつないでアクセルを踏んでいた日々を忘れてしまっている。そうだ、僕は最新型のヘルメットを被り、無線で誰かと作戦を練っているレーサーだったのだ！

そこからはもう止められない。ちょっとアクセルを踏むだけで、とんでもない速度が出てしまうのだ。

トラックで凸凹道を運転していた時には考えられないようなスピードを出しても、不思議なことに全く不安がない。指先まで力が漲っている。僕は片手でハンドルを握り、凸凹道からサーキットへと変身した道をドライブしていく。

ついさっきまでは下手な運転とおんぼろ車を道行く人に笑われていないかと心配していたのに、今では両脇から歓声が聞こえてくる。観客の顔を見ると、さきほどの道行く人と同じ顔である。同じ顔なのに、こちらを見る目の色が違う。おんぼろ車の時は僕を疑っているように見え、今は羨望の眼差しに見える。

しばらくすると、僕はレースで一位になったのをいいことに、無謀なことをし始めた。レース場の中だけでトップを狙うのは面白くないからと、通用口を抜けて公道へと躍り出てしまったのだ。

レース場を出てしばらくすると、無線で連絡を取っていたテクニカルチームからの声が聞こえなくなった。一瞬、不安になるのだが、いやまだまだ行けるはずだと、僕はさらにスピードをあげていく。

しかし、そこは公道。周りの車が増えていくにつれ、ブレーキを踏まざるを得なくなる。最終的には周りの車と同じくらいのスピードになり、赤信号で停まった。

周りはみな普通乗用車なのに、僕だけF1車に乗っている。それはとても異常な光景である。自信が漲っていた僕にも、少しずつ状況が呑み込めてきた。しまいには恥ずかしくなり、公道から横道へと逸れていく。気づいた時には、小さな商店街があるような細い路地へと入り込んでしまっていた。

F1車に乗った僕は子どもたちに笑われながら、少しずつ方向転換をしながら進む。小回りがきくような車ではない。ちょっとバックをしただけで、コンクリート塀にぶつかってしまう。子どもに笑われるだけならまだしも、ついにはその家に住むおじさんが出てきて怒り出した。商店街の奥からは警察官が走ってこっちへ向かってきている。

もう駄目だ。

冷や汗まみれになった僕はヘルメットを脱ぎ、人々に謝り出す。レース中だったので、何も持っていない。携帯電話で連絡も取れない。焦って右ポケットに手を突っ込むと、一枚だけ十円玉が見つかった。緊張でがたがた震えながら、僕は家に電話をした。すると、妻が出て、迎えにきてくれた。

結局、Ｆ１車はヘリコプターに運んでもらった。僕はレーサーの資格を剝奪され、仕事もなく家に籠る日々を送る。それでは食べていけないと不安になり、僕は廃車置き場で見つけたおんぼろのトラックで廃品回収の仕事をはじめた。こうしてまた振り出しに戻る。

僕の乗り物では、このような状態が周期的に続いていくのである。

坂口恭平「変態」仮説

おんぼろトラックに乗っている時には、レーサー時代の栄光の記憶は完全に消えてしまう。同じようにレーサーとなって先頭を突っ走っている時にも、ついこの間まで失意の日々を送っていた自分がいたことなど想像できない。

それではいけないと、僕は何度も鬱の自分から躁の自分へ、躁の自分から鬱の自分へと手紙やビデオレターを残してみた。しかし、それは完全に別人からの助言にしか聞こえない。的を射た意見であるとは一度も思えたことがない。

躁鬱病は、治そうとすればするほど、どんどん絶望的な気持ちになってしまう。僕はずっと精神にブレのない人間になりたいと思っていたのだが、そんな日本車のような安定感は、僕の乗り物では望めない。安定感を求めて行動すると、体がガチガチになって、ロボットみたいな動き方しかできなくなってしまうのだ。そして、そんな自分にまたガックリしてしまう。

疲れきった僕は結局、治そうとするのを諦めた。そうやってふっと力が抜けたとき、そういえば昆虫は変態するのが当然なのになあと思った。芋虫が蝶々に変わる。「人間的現実」の中では、乗り物が激変するのはたしかに生きづらいことなのだが、「昆虫的現実」では、「それが当然でしょ」と思われるのではないか。

そんなことを考えていると、自分が、おんぼろトラックから流線型のF1車へと変形していく超合金玩具みたいに思えてきた。

ちょっと人とは違うし、自分の意志とも反するのだが、その特質のおかげで、僕は自動的に天国と地獄を反復させられる。しかも、それが自分にしかできない「仕事」につながっている。僕は次第に、虫のような「変態」機能を使って生きてみるかと腹を括るようになったのだ。

躁状態を機械の運動と考える

ここまでは話をわかりやすくするために、鬱と躁をおんぼろトラックとF1車にたとえたが、正確に言えば僕の状態は二極化しているわけではない。先述した葉の色を見た時のように、グラデーションを描いている。オンとオフのスイッチではなく、ラジオのツマミ。それによって、日々、知らぬ間に微妙に調整されているのだ。

それを自分の手で調整できるならこんなに楽しいことはないのだが、自動的に動かされるので予測もできない。

僕は長いこと、自分の感覚を勝手に調整している犯人を探し続けていた。僕の体を操っている悪の組織を見つけ出し、それを駆除すれば、晴れてこの生きづらさから解放されるはずだ、と思っていたのである。

しかし、この考え方では、いつまで経っても原因を見つけることができないどころか、最終的には自分自身の「精神」が悪いという結論に至ってしまった。「こころ」のような人間的な発想で解決しようと思っても、こじらせるばかりで一向に改善しないのだ。

そこで躁鬱病による症状を、僕は昆虫的に考えてみたり、車や超合金ロボットにたとえてメカニックに観察するようになった。もちろん、このように発想を変えただけで、症状が軽くなるわけではない。実際、症状自体は今でも変わらない。しかし、そうすることで、今まで「症状」だと思っていたものを、「一つの機械の運動」として捉えることができるようになった。

たとえば、躁状態を「症状」として見ると、明るく、何事にも前向きになるので、むしろ奨励されるべきもののように思える。

ところがこれを「機械の運動」として捉えるとどうなるか。その機械は超高速で回転している。しかも、ふだん使っていない歯車まで無理矢理稼働させている危なっかしい状態だ。飛べるようには設計していないはずなのに、車のドアが翼に変わり、ボンネットに隠されていたジェットエンジンで、ものすごい轟音と共に今にも空へと舞い上がろうとしている。これはいくらなんでもあんまりだ。今はいいかもしれないが、燃料が切れたら墜落するのは目に見えている。

ただ、このような変形をすること自体は興味深いとも思う。そこで、直接空を飛ぶのではなく、この変形した姿を記念に残すために写真を撮っておくとか、スケッチに残してみてはどうかと自分に提案してみる。

具体的に言えば、その提案が躁状態における、とめどない原稿執筆や絵画制作となって表れる。躁状態の時は直接人と会ったり、海外旅行へ行ったり、お金を使って大きな企画を実現したりしたくなるのだが、それでは空を飛ぶようなものだ。いつか墜落してしまうだろう。

だから、こういう時は、本や絵画のような「作品」の中に考えていることを圧縮して閉じ込めるほうがいい。誰にも迷惑をかけず、お金も使わずにすむ。作品を作るためには冷静に自分を見なくてはならないので、創造と治療行為が両立したような形になる。

鬱は脳の誤作動です

鬱になると、一転して、自分にはこれ以上生きていく自信がないだとか、いろいろと否定的な声を上げはじめる。挙げ句の果ては死にたいなどと漏らす。これもうっかり感情的に反応してしまうと、本当に死んでしまうことになる。

機械にたとえると、嘆くのは、機械が「キィー」という音を立てているようなものだ。しっかりと油を注ごうというサインである。「これ以上生きていく自信がない」という言葉は、「ここの部品は摩耗してもうすぐ故障するので、一時的に稼働を停止するか、部品交換をしましょう」ということである。

それを放置していると、ブレーキをかけているつもりなのに、急発進したりする。これが「死にたい」と思う時である。本当はただの故障なのである。精神的に暗い人とか、駄目な人間、なんてものは本来存在しないのだ。

我が家では、「死にたいと思うのは脳の誤作動のせいである」という家訓を作っている。

苦悩を覚えた時、僕らはしばしば怒ったり、悲しんだりと感情的に対応してしまう。しかし、機械であると思えば、こちらが感情を露（あらわ）にしたところで何の反応も起こらなくて当然だ。フリーズしたパソコンに向かってイライラしたところで、パソコンの作動には全く関係ない。だから、そんなことをしても無駄だと諦められる。

　このようにして、僕は何とかして消したいと思っていた「症状」を、生まれつき搭載された「機械の運動」であると認識するようになった。これも現実脱出の一つの方法論である。

　機械として考えることの意味は、「今」の状態をきちんと把握することにある。鬱状態になったら、まずは電源を止めて、故障を観察するところからはじめる。僕の場合、前回の鬱でも同じように後悔していたことを、妻から教えてもらう。「どうしてこんなことになったのか」と後悔するのは、原因を探しているように見えて、実はただの故障の結果だったのである。後悔や反省や悩みや劣等感など、人間特有の「こころ」の動きは、大抵、調子が悪い時の機械の運動なのだと僕は気づいた。

　だから、鬱のときは何もせず、ただ寝てればいいのだ。故障車だったらそうするしかないわけで、何も恥ずべきことではない。

感情なんてない

　今、日本には年間三万人ほど自殺者がいるという。自殺の原因の第一位は鬱病などの「健康問題」、第二位が「経済・生活問題」である（警察庁調査平成二十五年）。鬱病や躁鬱病そのもので死ぬことはない。つまり、ほとんどの人が鬱期に発生する希死念慮という脳の誤作動で自殺をしてしまっている。

第二位の「経済・生活問題」に関しても心当たりがある。僕も鬱状態に陥っている時に一番感じてしまうのが「貧困」なのだ。

鬱の時、僕はよく家で、「もう駄目だ。僕が仕事ができないということは、我が家はますます貧乏になっていく。このままでは食べていけなくなる」と嘆いている。それを見た妻は笑いながら、「そうなったら、なったで考えればいいでしょ。なんなら私がどこかでアルバイトでもするし。それに毎回貧乏になるって言ってるよ。それも脳の誤作動なんですけど……」と呟く。

人間は、機械とは違って感情を持っている。その感情によって苦しんだり、嬉しくなったりする。ふつうはそう思い込んでいるのだが、僕は躁鬱の仕業で、いや、そのおかげで、もしかしたら人間の感情なんて実は存在しないのかもしれないと思うようになった。だからこそ、ギリギリのところまで行っても、どうにか死なずに済んでいる。

誰にだって、死にたいと思ってしまう時はある。そんな時は、この現実脱出の術を使ってみるのはどうだろうか。

感情なんてものはない、全て機械の運動のようなものだという考え方は、一見、冷たい表現に感じられるかもしれない。その考え方は、それこそ全く「人間的」ではないと。

しかし、「人間的現実」の世界だけが唯一の僕たちの住処(すみか)であると考えていることの限界が、ここにも表れているように思うのだ。虫だって、機械だって、石ころだって、この世界には存在しているのだから。

人間を機械として捉えることは、「人間的」には見えないかもしれない。しかし、木の枝に擬態するナナフシを思えば、人間が機械に擬態することも「生物的」な行動であることが分かる。

2　空き地のような他者の知覚

誤作動が起きたらどうするか

さっきも述べたように、我が家には「死にたいと思うのは脳の誤作動のせいである」という家訓がある。

言うは易しなのだが、これを実践するにはちょっとしたコツがいる。なぜなら、脳の誤作動がはじまったら、それが誤作動であると自覚することはできないからだ。死にたいと思っている時は、寝ていても苦しいし、人前に出たら冷や汗が出る。家族から「誤作動！」と声をかけられても、それを聞いて安心することはなかなかできない。

そこで、僕は自分のこのコントロール不能な状態を回避するために、家訓をうまく実践できるよう、あることを諦めた。「自分自身の思考が常に正しい」と思うことを諦めたのだ。

具体的には、「自分の知覚の一つとして他者を入れる」のである。

僕の場合、自分ひとりの力ではどうしても行き詰まってしまう時が周期的に襲ってくる。しかし、そんな時でさえ、人間はどうにかして自力で治そうと努力してしまう。そうしないと、人間として自立していないなどと考えてしまうのだ。

ところが、それには全く効果がないことが分かった。誤作動を起こした脳味噌では、どうやっても悪い方向へ考えることしかできないのだ。

そこで、信頼できる他者の意見を受け入れる。受け入れるというよりも、自分の知覚の一つとして完全に取り入れる。しかも、その意見に対して、自分であれこれ調整しないと決める。もちろんそのためには、脳が誤作動を起こすということをお互いに理解し合っている必要がある。

この方法は、当人が苦しんでいる「悩み」を解決するよりも数段効果があった。脳の誤作動がはじまっているかぎり、どれだけお金を稼いでいたとしても、いつお金がなくなるか分からないと言って考え込むし、よく周辺を眺めてみれば相談できる友人はたくさんいるはずなのに、誰も友人がいなくて孤独であると言って嘆いてしまう。

だから、他者からの助言を、一切判断せずに全面的に自分の思考、知覚として受け入れる。そうすれば、解決不能の問題に囚われることなく、体を休ませることができる。

実際のところ、それでも心地は良くならない。しかし、なぜか風通しは良くなったりする。それは「自分が感じている現実」と「他者の感じている現実」が実は全く違うものであるということを、一瞬ふっと体感するからなのではないか。世界を覆い尽くしていると思っていた現実に、他者という「空き地」を見つけたような感覚になるのである。

3　機械からの問い

見えない楽譜

二十歳でインドへ旅行した時、トイレに紙がなくて困った。蛇口の下に小さなバケツだけが置かれていた。

耳にはしていたが、実際に水を使って自分の手でお尻を拭くのは勇気がいる。しかし、やってみるとこれが大変気持ちいいのである。今まで紙で拭いていた自分のほうが不潔なのではないかとすら思った。水であれば隅々まできれいに洗えるし、擦（こす）らないのでお尻にとっても優しいだろう。

インドのトイレで、僕は自分の思考が現実と呼ばれる世界（この場合は「現代日本的現実」）によって相当「補正」されていることを知ったのだ。

発見は他にもあった。インドに行ったのは、シタールという民族楽器を弾いてみたかったからなのだが、この楽器がまた僕を大きく揺さぶった。

それまでギターを弾いていた僕は、シタールも同じようなものだと思っていた。しかし、シタールでは、西洋音楽の「ドレミファソラシド」という十二平均律にはない音がたくさん使われていた。ドレミファソラシドしか存在しないと思っていた僕は本当に驚いた。音はドレミファソラシドは、一つの周期の音を、ただ等分に割っているに過ぎなかったのだ。

また、それぞれの曲目では、演奏される季節ばかりか、演奏する際の感情までが規定されていることも知った。使う音は決められているものの、基本的には即興演奏で、西洋音楽のような楽譜はない。そこにあったのは、規定された感情という「見えない楽譜」であり、それに限りなく近づけることが芸術的に高い評価を受けるのだ。「見えないものを知覚する」ということに対して、何の偏見も持たず、むしろ当然と思っているようなインド音楽の態度に、僕は感銘を受けた。

現実によって思考は「補正」されている

このように人生初の海外旅行は、僕が知らぬ間に限定していた価値観の幅を大きく拡張してくれた。

しかし、これに味を占めて、その後もどんどん海外へ行ったのかというとそうではない。僕はもっといろんな世界を見てみたいと思うよりも、当たり前だと思い込んでいる「日本的現実」の中に、幼いころから感じてきたような見えない空間や感情や匂いが潜んでいるのを発掘し、それらに焦点を合わせる必要性を感じたのだ。

それ以降、僕は日常の中で海外旅行を上回るような体験をするべく、自分の頭を自らかき乱しながら、目の前の事象を全く別の目で見るようになっていった。

思考は現実に触れることによって、当たり前ではないことでも当然だと認識するように「補正」されてしまっている。インドでそのことに気づいて、これではまずいと思ったのである。

現実旅行

僕の「躁鬱という機械」もまた、海外旅行と同じような機能を持っている。

この機械のおかげで、現実にどっぷり浸かっていたら何の疑問も抱かずに通り過ぎていくはずのことに立ち止まり、つい考え込んでしまえるのだ。ちょうど異国の地で、地元の人が気にも留めない看板を見て、旅行者がいちいち反応してしまうように。

海外旅行ならぬ現実旅行である。この躁鬱という機械は、現実に対して問いを生み出す装置でもあるのだ。

現実旅行をする旅人は一体、現実においてどんな存在になるのだろう。それは「人間」というよりも「ヒト」なのではないか。動物としての感覚のほうが多く残っているような太古のヒト。脳味噌は同じくらいの大きさなのだが、いろんなことの意味は分かっておらず、現実における習慣も常識もないような状態。

もちろん、全ての人間にこの動物性は残っているはずだが、僕の場合はそのバランスが極端に崩れてしまっている。しかし、だからこそ、ありありと現実が異国のように感じられることが時々ある。

これは何も躁鬱病に限らない。さまざまな障害、病気、症状など、病だけでなく、現実と折り合いをつけることができないと思っている人は誰しも、現実という世界に降り立った旅行者だ。そんな人が、自分が旅行者だと認識しないままに生活を送れば、大変なのは当たり前である。

そういう時は、まず、自分が一番隠したい、恥ずかしい、困っていると思っていることを、機械と捉える。これは、自分が現実世界の異邦人であると認識するためのパスポートなのだ。

自分が旅行者の視点に立っているのだと分かれば、現実で当たり前とされていることに疑問を感じたとしても、無理に合わせる必要はない。それは興味深い「問い」になるのである。

僕という機械

そんなわけで、僕は今も現実を海外旅行と同じ視線で旅せざるを得ない。
だから僕は、他者の長所がすぐに分かるのかもしれない。現実の中で差別されている人だろうが何だろうが、旅行者である僕にとっては、みんな興味深く映って見えるからだ。

逆に、自分の中に視線を向けると、その空洞に恐ろしくなってしまい、感情的に揺さぶられて、躁鬱の波が激しくなる。

僕という機械は、自己を見つめるようにはできていないらしい。他者を見る時は雲一つない晴天なのに、自分自身を見る時は霧の中にいるようになってしまう。僕という機械は、自分の視線の先にある他者や風景であったり、匂いや触感であったり、そのような自分以外のものと触れる時、つまり外界を知覚する時に非常に鋭敏になる。そのことをようやく最近、自覚できるようになってきた。

ちなみに、躁鬱病だと診断されると、現実では障害者手帳が発行され、障害者年金がもらえるらしい。僕も一度、申請してみたのだが、結果は却下だった。お金を稼いでいるから問題ないと判断されたようだ。現実では結局、障害者と認定し、最低限のお金を提供するという方法しか存在しない。僕はそれでは面白くないなあと思ってしまう。

せっかくの「特質」を、現実では「障害」としか捉えることができないのである。もちろん、社会は現実によって成立しているので、そういう一面も大事なことではあるのだが、僕は違うやり方はないのかといつも模索している。自分のことを何の役にも立たない、ほかの人よりも劣った人間であると判断されるのは耐えられない。

鈴木さんの仕事

僕の師匠である路上生活者の鈴木さん（隅田川沿岸在住）は、所持金がゼロで仕事もない。現実から見れば落伍者確定の状態である。

それでも、彼は役所に泣きつくようなことはしない。アルミ缶を拾って生計を立てている。それればかりか、周囲の路上生活者たちが喜ぶようにと、カラオケセットを拾ってきて自動車用バッテリーで動かしたり、拾ってきたものを無償で振る舞ったりしていた。

マンションに住んでいる主婦に対しても同じ姿勢で、「自分はアルミ缶拾いで生きている。だから、ゴミとして捨てるのであれば私にください」と自信を持って契約までしている。

鈴木さんと出会って、実はこの世界にはどんな方法であっても、それぞれ自らの「機械」に気づきさえすれば、他者に喜びを与える仕事ができるのかもしれないと僕は勇気づけられた。

僕の場合、集団行動をするのはとても苦手だが、集団の中にいる個々の人間の長所を見るのは得意である。それは集団の中に溶け込みきれないからこそ可能なのである。その時、なんとか溶け込もうとするのではなく、ちゃんと距離を保ち、観察していると捉え直す。そこからできることをやっていく。

一見、短所に見えるものは、実はその人自身がするべき使命のような仕事の萌芽なのだ。機械からの問いは、僕に現実での「役目」を教えてくれた。

「問い」は「答え」を求めているのではない。

答えようと試みる「行動」を喚起しているのだ。

補正されない独自の思考

現実において障害や病気や欠点だと思われているものの多くは、補正されていないその人独自の思考を垣間見せている。だからこそ、旅行者のように「なぜ？」と疑問に思えるのだ。

補正されていない思考を持っていることを、駄目なことだと性急に判断してはいけない。現実に馴染もうとするのではなく、未補正の思考で、感覚器官を駆使し、脱出した先から、きちんと現実を直視してみよう。

誰も考えていないことをしろと言っているのではない。みんなが蓋をして見て見ぬふりを決め込んでいることに対して、自分だけはしっかりと脱臼したり、落とし穴に入ったり、壁にぶつかったりすればいいのだ。

そうやって実践した行為の軌跡は、現実が空気のような当たり前の存在なのではなく、僕たち人間と同じように、歪（いびつ）で、矛盾に満ち溢れて、それなのにどこかユーモラスで、憎めないやつで、だからこそ、きちんと距離を置いて付き合うべき空間の一つであることを、他者に示すだろう。

鬱で布団で寝込んでいる時、僕は冬眠したり、蛹（さなぎ）の中で液体状になったり、土の中で何年間も籠ったりする生物のことに思いを巡らす。

「あー、獣のエネルギー来た来たー」

と、旅行者としての僕は思うことにしている。

そんな退屈な時間はありえないほど長くゆったりと伸びきっている。いつまで経っても一日は終わってくれない。

たしかに、動物たちにとってこの時期は、安息のできる静かな時間なのだろう。

4　現実を他者化する

現実は一つの生命体

現実は、集団が形成される時にうまくコミュニケーションが行えるようにと、細部に少しずつ意図的な補正が施された仮想の空間である。現実はリアルではなくヴァーチャルなのだ。だから、至る所に矛盾が溢れている。細部を見てみると、正確であることのほうがむしろ少ない。現実と自分の感覚がうまく調和しないなと感じるのも当然である。

混沌とした無数の知覚や空間が存在している複雑な世界を、単純化することによって現実は生まれた。だから、現実は最初から歪んでいる。それに合わせようとすると、必ず人の思考も歪んでしまう。

そのために現実を脱出する必要があるのだ。

では、どうすれば現実を脱出できるのか。僕はこんなふうに考えている。

元々、ヒト科のヒト亜科に属する動物であった「ヒト」は、それぞれに固有の空間を持ちながら生きていた。そこでは今よりも複雑な意思疎通が、言葉だけでなく、さまざまな知覚、見えない感覚などによって直接的に行われていた。

しかし、群れが大きくなるにつれて、そのような一対一の複雑なコミュニケーションは難しくなってくる。そこで、群れ全体が理解できるような知覚だけが重視され、それ以外の個々が持っている独自の感覚は削除されていった。こうしてできたのが現実である。

現実は、はじめはよちよち歩きだったはずだ。それが少しずつ立ち方を覚え、道具の使い方を身につけ、成人となっていく。今、僕たちが接している現実は、変化することを拒む、少し頑固なおじいちゃんのようなものに思える。

現実も僕たち人間と同じく意識を持っている。だからこそ、勘違いもするし、それにより思考も発生する。

つまり、現実は無機質なモノではなく、一つの生命体なのだ。

このように現実を空間ではなく、他者として捉える。

現実の他者化。

これが僕が言うところの現実脱出のための方法論である。

現実との付き合い方

まずは、現実に自分の体を合わせるのではなく、自分自身の思考をちゃんと中心に置くことだ。現実という他者に合わせて生きるのではなく、自分が捉えている世界を第一に見据えよう。

かと言って、現実という他者を排除するのではない。現実の中に身を浸しながらも、独自の思考によって空間を把握する。たとえば、その場所の面積が何平方メートルなのかを理解しながら、自分にとって「そこがどのような空間なのか」を思考する。そうすることで、少しずつ、矛盾の塊だと嘆いていた現実と、もう一度、面と向かい合うことができるのではないか。

しかも、僕たちは「それぞれの現実」を持っている。それらは各々全く違うものなので、永遠に同じになりえないし、どこが違うのかを完全に理解し合うこともできない。まるで他者が考えていることを推し量ることはできても、知ることはできないように。

もし、現実というものが存在しなかったら、複数の空間が混沌と漂い、その情報量は人間が受信できる許容量をはるかに超えてしまうだろう。だからこそ人間は長い時間をかけて、集団で生活を営めるよう空間を単純化し、知覚するための技術を身につけていったのではないか。

人間は言葉よりも先に、空間で対話している

もともと人間は、それぞれが違う知覚を持っていることは重々分かっていたはずである。

雲の形が龍に見える人もいれば、今では幻聴と片付けられるものを「お告げ」と受け取る人もいただろう。人間にはそれぞれ独自の凸凹とした知覚があるのだ。しかし、それは年を経て現実に馴染んでいくにつれ、少しずつ削り落とされてしまう。

それぞれの人が持つ知覚をそのままに、集団がお互いの意思疎通を行うのは困難である。それらは各々、特有の「言語」であるために会話が成立しない。そのままでは生命維持活動を相互に行うことができないのだ。

もちろん、それならば独力で生きるという方法もあるわけだが、多くの人間はそれを選ばなかった。集団を形成する必要があったのだ。そして、そこで初めて共通の言語が生まれる。

しかし、僕はこう思う。言語が生まれる前に、まずは集団が言葉なしでも意思疎通

できるような空間が存在していたはずだ、と。目には見えないその空間が共有されていないと、言葉は生まれてこないはずだ。

人間は言葉よりも先に、空間で対話をしている。
それぞれの方言のような空間知覚によって。
見えないものによって。
音にも色にも絵にも表せないような感覚によって。

第5章　ノックの音が聞こえたら

ノラジョーンズ

Norah Jones

1　ものがたり

作り話と事実のあやふやな境界

僕が身の回りで起きた話をすると、よく母にそれは作り話だと言われた。たしかに、僕自身としても全て事実であるとは断定できないところがある。いくつかの部分には自分の脚色が入っているのかもしれない。

しかし、別に嘘をついているつもりもない。

ビデオカメラで全ての行動を録画しているわけではないので、僕の記憶が正確ではないこともあるだろう。印象的なシーンは長く濃密に頭にこびりついているので、大きなものはより大きく、遅いものはより遅く、美味しいものはより美味しく捉えている可能性も否定できない。

こういうことは誰もが体験したことがあるのではないか。

僕はビデオカメラで録画した映像を見ると、自分がその瞬間に体験したものとは違うと感じることが多い。録音した声が自分の声と違う、とびっくりしたことを覚えている人もいるかもしれない。そのどちらが正しい自分の声なのか？　僕はそこでどちらが正しい声と断定しない。僕の声は一つのように思えるが、実は二つ存在しているのだと考えることにしている。

正直で素直な目を持っている子どもとは、こんな話は容易にできる。六歳の娘は、僕の中に「三人のパパがいる」と言う。一人は躁状態の僕、二人目は鬱状態の僕、三人目は四歳の僕であるらしい。それぞれにいいところがあるから、どの人のことも好きだよと言っていた。

視覚による錯覚

どこまでが作り話で、どこまでが事実なのか、本当は見分けがつかない。

それは夢の説明とも似ている。

自分が見た夢の話を僕はよく人に伝えるのだが、全て本当なのかと疑われると心許ない。かといって、嘘をついているつもりもない。

これまで書いてきたように、人は「見た」ものこそを現実と判断し、それ以外は空耳であり、思い込みであり、勘違いであると考える。

しかし、視覚で得た情報にもまた錯覚が多分に含まれている。

そもそも、目の前の世界が立体的に見えていることを、僕たちは疑いもなく受け入れているが、それぞれの目の網膜に映り込んでいるのは、平面の画像なのである。右目と左目に視差があるから、奥行きがあるように感じているだけなのだ。「立体的に見える」ということこそが錯覚なのだ。

先日、たまたま見ていたインターネットのニュースで、どこかの大学の研究によってデジャヴ（既視感）が存在しないことが分かったと書かれてあった。それによると、デジャヴは、短期記憶と長期記憶が重なってしまった結果起きる「記憶の勘違い」である可能性が高いそうだ。

僕はデジャヴに遭遇した瞬間、体験した記憶のない懐かしさに満ちた未知の空間が一瞬漂う気配を感知できるので、このニュースを知って正直がっくりした。

しかしよく考えてみると、もっと気になる世界の予感を感じることができる。

もしも記憶の勘違いに気づけないとしたら、ずっと続いていると思い込んでいる僕の人生も、実は、今この瞬間に頭の中に作られているだけで、次の瞬間にはまた新しいものに変化しているのかもしれないと思ったのだ。

脈々と幼いころからの記憶があるのだからそんなはずはない、と本当に断言できるだろうか。もしかしたら、それも実は記憶があると思い込んでいるだけだったりして……。

フィクションとは何か

書いた本について取材を受ける時、よくインタビュアーから「これはフィクションですか？　それともノンフィクションですか？」と聞かれる。

視覚も錯覚であるし、記憶も実は継続していない可能性が否定できない以上、現実もしっかりと作り話である可能性があるのだが、どうやらインタビュアーは事実と作り話をかなり厳密に分けているようだ。

そもそも、作り話つまり物語は、ただの「虚構」であると認識していいものなのか。僕にとって創作物とは、目の前に広がっている世界だけが事実であると断定しないようにするための羅針盤である。それは、現実ではくっきり分断している事実と作り話の境界線を緩やかにするための装置なのだ。

あたかも当然のように、作り話を事実ではないものと判断してしまう「現実さん」は、僕にとって豊潤な要素に満ち溢れた世界に土足で入り込んでくる少し行儀の悪い人に見えてしまう。

第1章で書いた居酒屋が膨張する話を思い出してほしい。

「開店直後のガラガラの居酒屋は狭く感じるが、深夜、満席になり、アルコールが入り、煙草の煙や、人の談笑する声が混沌としはじめると広くなったように感じられた」。

これを事実であるとは断定できない。しかし、僕が皮膚で体感した空間の様子を忠実に書いたものであることは確かだ。「居酒屋で友人と久しぶりに出会って、夕方から夜遅くまで飲んだ。楽しかった」と書いたのでは、たしかに行為としては事実かもしれないが、いろんな大事な要素が抜け落ちてしまっている。

もちろん、居酒屋の面積を計測したら、開店直後だろうが深夜の満席時だろうが、一ミリも変わらないので、素敵な勘違いと言われるだろう。しかし、僕はその空間のサイズが変わったかのように感じてしまっていることを、いまだに勘違いと見なすことができない。

なぜなら、物語の中にしか存在しえないはずのことが、日常に、現実に潜んでいる——そう考えたほうが自然に思えることが経験上多いからである。

現実には、そういった人間が日々感じている複雑な空間知覚の変動や、時間の緩急などを説明する概念は存在しない。

しかし、起きた一日の様子をできるだけ平易な文章で書いてみると、それらを完全に捉えるところまではいかないまでも、他者に感じさせることができたりする。意味や原因を説明するのではなく、その現象自体をできるだけそのままに伝えようと心がけると思いもよらない効果がある。僕はその感覚を共有したいからこそ本を書いている。

それは、今、使われている意味での「物語」とは少し違うかもしれない。しかし僕は、自分が体感した「現実とは別の空間」を伝えることこそが、「物語」を書くことだと捉えている。

赤子の「ものがたり」

もともと日本人にとって、「物語」とは、作り話だけを指しているわけではなかった。

たとえば、「源氏物語」の中では、「ものがたり」は虚構のストーリーという意味のほかに、「赤子が意味をなさない声をあげること」を意味する言葉としても用いられている。紫式部はそれも「ものがたり」であると考えていたのである。

意味の分からない赤子の声も、大人の自分が理解できないだけで、「別の世界の言語」かもしれないと思っていたのだろう。

そういえば小学生の時、百人一首の授業で、平安時代の人は夢の世界をもう一つの「実在する世界」と認識していたから、夢の歌が多いのだと先生が教えてくれた。それを聞いて僕は、やっぱりそうだったのかと納得した。なぜなら僕は、テストの前日に、テストで百点を取って笑っている自分を夢に見ると、本当に百点が取れるという法則を見出していたからだ。

平安時代の人は、夢の世界を現実とは別に実在する空間と感じていたのだから、赤子の声を、別世界の言語と捉えることも当然だったのだろう。

もしかしたら、赤子の口から漏れ出る意味不明の言葉は、別の世界のドアから漏れ出てくる人々の声なのかもしれない。そう思いながら、僕も我が家にいる一歳の息子の口内をまじまじと覗いてみた。すると、喉ちんこが鍵穴のように見えてきた。

鍵を開けると、向こうにはどんな世界が広がっているのだろう。僕は「あー、うー」と何かこちらに「ものがたっている」息子の喉ちんこを見ながら、その向こうの空間に思いを馳せる。

当然の偶然

新しい空間や知覚の気配を感じ取ると、僕は言葉で表す前に、まずはとにかく話す、喋る、電話をしまくる。さらにはギターを手にして歌をうたいはじめる。それは新しい空間と接したときの、僕なりの振る舞い方みたいなものだ。

というわけで、息子とギターで鼻歌をうたってみた。

そうすると、それまで全く動いていなかった脳神経たちがむくむくと起き上がるのを感じる。まるで無事に冬を越した蜜蜂たちが軽やかに羽を震わせながら、春の爛々と咲く花畑へ飛んでいくように。

思想家であるルドルフ・シュタイナーは蜜蜂が飛び回るさまを「思考が飛んでいる」と言ったそうだが、新しい空間を予感したとき、僕の頭の中でもまさにそのようなことが起きる。

今までつながるはずのなかったもの同士が、蜜蜂によって交配されていく。蜜蜂にはつなげているといった意識が全くないように、思考も自由に言葉やイメージを組み合わせ、勝手に新しい世界と戯れはじめる。すると、べとついた蜜によって受粉が行われるように、予感は立体的な空間へと少しずつふくれあがっていくのだ。

蜜蜂による受粉は偶然のようでもあり、れっきとした自然の摂理でもある。

この「当然の偶然」によって、頭の中で僕が意識的に整理していたはずの書類やスケッチ群が、全く別の回路を作り出し、別のルールで、別の索引方法で、選別され、結びつけられていく。

ばらばらの紙に書いたメモを紙吹雪のように散らし、たまたま重なったもの同士を並べて文章にしたて、それを読んでいくようなランダムな行為が、秩序の中に訪れるのだ。

点が線になり、線が面になる

蜜蜂が頭の中で飛び交った痕跡は、飛行機雲のような軌跡を描く。全く別の場所で得たはずの二つの経験が交差すると、一つの起伏を持つ立体的な思考となっていく。南方熊楠（みなかたくまぐす）が描いた「南方曼荼羅」は、まさにその状態を図で示すことに成功している。彼は博物学や粘菌学にとどまらず、あらゆる知性を分裂したまま一つの巨大な思考の建築として作り出そうと試みた。

僕の頭の中に設置されているカメラは、蜜蜂の動きを鳥瞰するように捉え、頭蓋骨の内側に垂れ下がっているスクリーンに映し出す。すると、それまで点だと思っていたものは線となり、線だと思っていたものは、カメラが旋回することによって面であることが判明し、その表面が渓谷のような形状をしていることが分かってくる。

僕は、空高く上がる飛行機の窓からそんな景色を眺め、次にその姿を描写しようとする。しかし、全ての景色を写しとることはできない。そこで目に焼き付けようとする。あとで思い出せるように、メモのように速い筆致で形状の輪郭を記録していく。次第に渓谷は遠く離れていった。

そのとき、突然大きな音が聞こえてきた。

誰かが体を揺すっている触感がする。

考えごとをしていたら視界に突然、電柱が飛び込んできたことを察知し、さっと身をかわすように、そこで僕はふっと意識を戻し、喉ちんこの先の空間から現実へと戻ってきた。

現実とそれ以外の世界をつなぐ「扉」

目や耳や鼻や皮膚などの器官と、それらが持っている視覚、聴覚、嗅覚、触覚などの感覚は、現実とそれ以外の世界とをつなぐ（もしくは分け隔てる）「扉」である。現実という世界で起きる様々な事象は、どこかの器官をノックする。人間の感覚とは、何かがこの扉をノックしたときに奏でる音色のようなものだ。

器官は現実の情報を受信するためのアンテナなのではなく、出入りができる扉なのだ。

現実とは、集団が共有している空間である。そこでの行為が、それぞれの扉をノックすると、感覚という音を出し、扉が開く。そして、それぞれの人間が固有に持っている空間を垣間見せる。

そこで、僕は口を開け、声帯を振動させる。すると、自分だけが持っている空間が現実の中に音として姿を現す。同様に息子の掌が僕の顔に当たると、彼自身が持っている空間が、掌を通して僕の皮膚という器官の扉を開ける。

言葉にできない赤子が、それでも必死に伝えようとしているもの。

かつ、歳を重ねた人間が感じているのに忘れたふりをしているもの。

それが一体どんなものなのか。どんな空間なのか。

それを語ること、つまり、口に出して、体を動かし、態度に示し、現実に表出させること。

僕にとって「ものがたり」とは、あらすじを持った作り話なのではなく、感覚器官という扉の向こうにしっかりと存在している空間を、現実のもとにおびき寄せる行為のことを指している。

2　半現実のつくりかた

僕と妻の演技台本

僕は器官の扉から飛び出てきた空間の全体像を、まずは台所でご飯の準備をしている妻に伝える。

妻は僕のそのような状態をよく理解しているので、現実と別の世界をつなぐ扉がバタバタと風に揺れ、二つの世界が混ざっていたとしても、変な目で見ない。いや、見ないというよりも、「見ないことにしている」。

同時に、ここで僕がする荒唐無稽な話について、妻は現実の視点から「批判しないことにしている」。そのかわり、話したことをそのまま現実の中で実践しないという妻の提案を僕は受け入れた。

実践しないが、批判もしない。僕は現実の中で唯一、それを自宅の台所という空間だけで行うことにした。僕と妻のあいだには、このような台本があらかじめ用意してあって、その通りに行動することをはじめから決めている。

妻は僕の話を聞いているが、実際は聞いていない。町に流れるBGMのように、鳥の声のように、車のエンジン音のように、工事中の機械の音のように、意識せずに聞く。そして、右から左へと聞き流す。頭の中にはできるだけ入れない。一つ一つ吟味しない。それに対して、対応しない。批判しない。同意もしない。かといって無視はしない。必ず一度、耳には入れる。

僕は、自分の躁鬱病をできるだけ技術として捉えたいと思っていたし、妻は、躁状態の僕が放つエネルギーに満ちた状態は面白いけれど、心配でもあるので、どんなことを考えているかを常に知りたいと言った。

僕たちは試行錯誤の末、「ものがたり」を現実に放出する場所を台所に限定して、以上のような行動を共同で行うようになった。

全て事実である

僕は、公共の場では狂気と見なされかねない行為を、抑圧することなく発露し、現実だけが唯一の空間ではなく、それぞれの人間の器官（＝扉）の向こうにも空間が広がっていることを示したい。

言い換えれば、現実とは、人間と一体化した剝がすことのできない世界なのではなく、「現実さん」もまた一人の「思考する他者」であると受け入れつつ、切り離したいのだ。

ただ、思考の塊をそのまま現実で口にするのは、通じない言語で話しかけているようなものなので、絶対にうまくいかない。だから、そのための環境をまずは家族という小さな領域内で自作してみたのだ。できるだけ現実に近い場所で。それが僕にとっては、台所で調理中の妻に話しかけるという行為だった。

もちろん、妻は僕の妄言のような別世界の紀行文を聞いても、何のことやらさっぱり分からない。感化されて、「そうだ！ そうだ！」と言ったことなど一度もない。しかし、ここでは妻の反応はほとんど必要ない。目的は、どういうことを考えているのかを妻に伝達することなのだ。

最後に、妻は一言だけ僕に伝える。

「はい、じゃあそれを実践には移さず、書いて下さいね！」

これが僕たちの方法である。

どんな妄想でも、幻覚でも、なんでもいい。それらを完全に受け入れて、全て事実であるという認識でいること。しかし、それを現実の世界で実践しないこと。なぜなら、「現実さん」は他者だからだ。他者の耳元で、僕にとっての事実を一生懸命伝えても、妄想としか言われない。

「現実さん」にも通じる言葉で伝える必要があるのだ。

死者からの附箋

台所での僕の言動には脈絡がない。話している僕でさえ意味が分からなくなることが多い。それでも、僕は突き動かされるように、ある一定の時間話そうとする。

そんな時ふと、「これは僕の言葉ではないのかもしれない」と感じることがある。かといって、お告げとも違うような気がする。別に宗教的なものだと感じているわけではない。

それはむしろ、幼いころの記憶を突然思い出した時の感覚に似ている。何の脈絡もなく、些細な過去の風景や出来事が、頭の中をさっと過る時がある。なぜ今こんなことを思い出すのか、意味が分からない。その時、僕はいつも、突然どこか異国のラジオの電波が間違って入り込んだような感触を得る。

会ったこともないどこかの誰かが、僕を察知し、何かを伝えようとしているのかもしれない。もちろん、言葉は通じないし、暗号は解読できないので、僕はその真意を知ることはできない。

しかし、たしかに信号を感じている。まるで古本屋で買った本にたまたま貼ってあった附箋のように。それは、太古からの人類の本能のようなものが伝達されている瞬間なのではないか。特定の人間ではない「死者」からの伝達。

僕はそれを死者からの言葉ではなく「死者からの附箋」と呼んでいる。附箋、つまりポストイットである。

僕はそれを必死に言葉にしようとするが、全く知らない言語なので、意味ではなく、音しか分からない。まずは見よう見まねで、同じような音を自分の口で出すことからはじめる。だから話というよりも、口という楽器で音楽にもならない音をかき鳴らしているような状態である。

それは繰り返していくうちに、いくつかの和音やリズムの断片ではないかと思えるフレーズになっていく。そこでさらに何度も何度も繰り返してみる。次第に音が音楽になってくる。そうすると、そのメロディの調子で、意味がほんのりと感じられるようになる。

夢中になっている自分に気づき、はっと我に返ると、現実の世界では妻の耳が疲れているように見える。体も項垂（うなだ）れている。これではいけないと僕はそこで話すことをやめ、机に向かう。そして、今度はその音楽を、現実で判別できる言葉として言語化しようと試みるのである。

創造の前にある振る舞い

手がかりは、現実ではまだ知覚できる構造を持っていない言葉の羅列しかない。そういう時は、必然的に体を動かす必要が出てくる。体のジェスチャーとともに、どうにか他者に何らかの情報（おそらく重要であると僕が感じていること）を伝達しようとする。

言葉にしようとする時に重要なのは、この振る舞いである。言語化しようと執筆をはじめた時点で、実は僕が本当に言語化したいことは、すでに零れ落ちてしまっている。それをできるだけ掬いとるには、創造を行う前に、しっかりと音楽の振動を皮膚で感じ取り、振る舞う必要があるのだ。

僕は死者からの附箋を発見し、言葉にしたいというエネルギーを持つと、まずは体を動かしはじめる。勢いよく歩いたり、人とより多く会おうとしたりする。そして、機が熟すると台所へ向かい、妻の前でああでもない、こうでもないと振る舞いはじめる。体をひねる。壁に頭をぶつける。手を伸ばす。貧乏揺すりをする。

そうこうしていると少しずつ、蛇口から水が出るように言葉が出てくる。しかし、それらの言葉も脈絡のないつながりで、聞いている妻はよく分からないという顔をする。それではいけないとまた体を動かし、よじり、雑巾を絞るように言葉を出そうとする。そうやって体を動かしていると、言葉が少しずつ一人立ちしてくるのだ。

この一連の動きは、いつも僕に演劇の起源を感じさせる。

通常は、まず台本があり、その言葉を覚えて、それを最後に演技するという順序である。

しかし、僕がやっている演劇は全く逆である。

まず、別の空間の気配を察知した人間が突如踊りだし、言葉にならない音を発しはじめる。周りの人間は、気でも狂ったのかと怪しむ。しかし、じっと見ていると、狂乱する人間の体の振動は、少しずつ落ち着き、型を形成し、一つの定まった動作になっていくのが分かってくる。音は音楽となり、最終的には現実でも判別可能な意味を持ちはじめる。そのことに興味を持った別の人間が、彼の動きを、言葉を、戯曲としてまとめる。

実のところ、演劇とはこういうものだったのではないか。

むしろ、振る舞いこそが、人間が持っている本来の言語なのかもしれない。動物を見ていると、それはとても納得のいく考え方に思える。
言語の前に、まずは振る舞いがあるのだ。
だから執筆している時、僕はいつも確信を持って、貧乏揺すりをしている。

3 振る舞い言語

貯金箱から小銭を出す仕事

貧乏揺すりをしていると、火起こしのように少しずつ摩擦が起きてくる。そこで何でもいいから書いてみる。手を動かす行為は、油のように自分の頭と体の間に染み渡り、思考を滑らかにしていく。

貧乏揺すりは、周りの人には、ただ落ち着きがないように映っているかもしれない。しかし、この貧乏揺すりこそが、創造の重要な助走なのである。

僕にとって貧乏揺すりは、貯金箱の穴から小銭を出すような仕草なのだ。何かを創造することは、これまでやってきたどんな仕事よりもきついことには変わりがないのだが、不思議なもので、そう捉え直すと体は少しだけ楽になる。

創造の準備運動

貧乏揺すりの他にも、僕は執筆に入る前にごろごろしたり、散歩に出たり、かと思うと寝てしまったり、音楽を聴いたり、他の仕事の文章を書きはじめたりと落ち着きがない。

以前は、そのように集中できない自分を、駄目な人間だと思っていた。平日の昼間から町をブラブラしていると罪悪感すら覚えた。それじゃいけないと、仕事部屋に籠って机にしがみつこうとしたこともある。

しかし、そうすると今度は窮屈になってしまう。書き続けていくうちに見えてくる風景こそが、楽しい文章だと分かっていながら、一発逆転のアイデアを求めたりしてしまうのだ。突然閃くことなんてあり得ないのに。

仕事というものは、毎日定時に行うものだという固定観念を持っていた僕は、ずっと自分のことをだらしない人間だと思っていた。しかも、その悩みをなかなか人に相談することができなかった。専業主婦である妻が娘と息子を必死で育てている横で、僕は部屋に籠って寝ていたりするので、とても申し訳ないと感じていた。

ところがある日、妻に自分の悩みを伝えてみたら、彼女はこう言った。

「あなたはいつもそうやって、ああでもないこうでもない、あっちふらふらこっちふらふら、音楽やったり本読んだり、寝たり散歩したりしながら、結局は作品を作っているよ。今ごろ気づいたの？」

一緒に暮らしている妻は、僕の徘徊癖や複数のことに同時に興味を持ってしまう気の多さを、「作る」という過程の一部と認識していたのだ。たしかに、「ふらふらしてないで、本書きなさいよ」と言われたことは一度もなかった。

長い間、僕が「苦悩」していた時間を、端から見ていた妻は「創造」の一部と判断していたのだ。

新しい知覚を作り出す

もちろん、妻の言葉を聞いたからといって、一切不安がなくなったわけではない。無意識はそんなに簡単に変化しない。

それでも僕は、ふらふらしている自分に対する「苦悩」を、創造の準備運動なのだと受け入れるようになっていった。

次第に僕は、自分の右往左往に苦しみながらも、「おっ、これは僕の気づいていない自分の一部が動いているのかもしれない」などと口にするようになった。そうすると、もちろん不安は残ったままなのだが、それを面白がっている自分の感情も同時に生まれてくるのだ。

何かを消したり、抑圧するのではなく、もう一つ別の新しい知覚を作り出す。つまり、ある事象に対して違う言葉を与える。こうやって新しい知覚を作り出す方法は、少しずつ成長し、いつしか自分の仕事を進めていく上での態度そのものとなっていった。

貧乏揺すりをしたり、部屋をぐるぐると回りはじめたり、父譲りの紙の端っこに明朝体のレタリングをしたり、あと一押しで言葉が出てきそうな時に歯を磨きたくなったり、本を読みながら、ギターを持っていたかと思うと、結局寝ていたり。これら全てが創造の一部であるということを、生活という現実を通して受け入れてみる。するとと、今までは少しの風で消え失せてしまっていた火種を、少しずつ大きくする技術が身につき、創造の原動力にすることができるようになっていった。

言葉になる前の「ことば」

僕も時には書くことに疲れたり、退屈したりする。その時、貧乏揺すりがはじまる。それによって新しい振る舞いのトライ&エラーが実行されるのだ。

新しい振る舞いが起きはじめた時は、そこにすでに次の創造が潜んでいると考えてもいいだろう。

あとはお産のように、赤ん坊が立ち上がるように、貯金箱から小銭を出すように、少しずつ、丁寧に、振る舞いに摩擦と油を与え、言語化していけばいいのだ。

貧乏揺すりをはじめとした振る舞いは、知らぬ間に現実という他者の要求の言いなりになってしまっていた自分自身に対して、「思考しろ」と揺さぶってくる。

音楽を聴いて、その音楽のどこが良いのか、自分にはどのように聞こえているのかをうまく言葉にすることは難しい。ところが、自分の心情を的確に伝えるために、ある曲を選び、誰かと一緒に聴くことはできる。言葉にできない心情を音楽で伝えることはできるのだ。

振る舞いがはじまる時、僕はいつもその音楽的伝達のことを思い浮かべる。

言葉になる前の「ことば」は、文字によって見ることはできないが、振る舞いによってすでに知覚されている。外国語が通じなくても、ボディランゲージで対話が実現してしまうように、振る舞いはまさに一つの言語なのである。

スキップしたくなる時

人間は常に「言葉にできないけれど、たしかに知覚している」ことについて対話したがっていると僕は考えている。

握手をしている時。人を励ますために肩に触れている時。音楽を聴いて涙が流れた時。春の夕方、久しぶりに寒くないと感じて心が躍り、幼いころの思い出が縦横無尽に行き交う時。正月に親戚が集まって宴をしている横で炬燵(こたつ)に寝そべり、ふっと太古から続いているような安堵を感じる時。

実は、自分自身がそのような言語化できないものに包まれているのだと気づいた時、人は振る舞いを起こす。

誰しもついスキップしたくなる時があっただろう。

その時、標準化されたはずの現実は揺らぐ。いや、実は常に揺らいでいたことにこちらが気づく。立方体や直線なんてものは存在せず、自分の体も精神状態もゆらゆらと微振動を繰り返しているのが当たり前だと、ずっと昔から知っていたことを思い出すのだ。

そんな時、僕は口笛を吹く。

思い出した和声やリズムを残したいと願って。
その時、創造を喚起する頭の中の機械が少しずつ動きはじめる。

第6章　だから人は創造し続ける

収穫したサツマイモたち

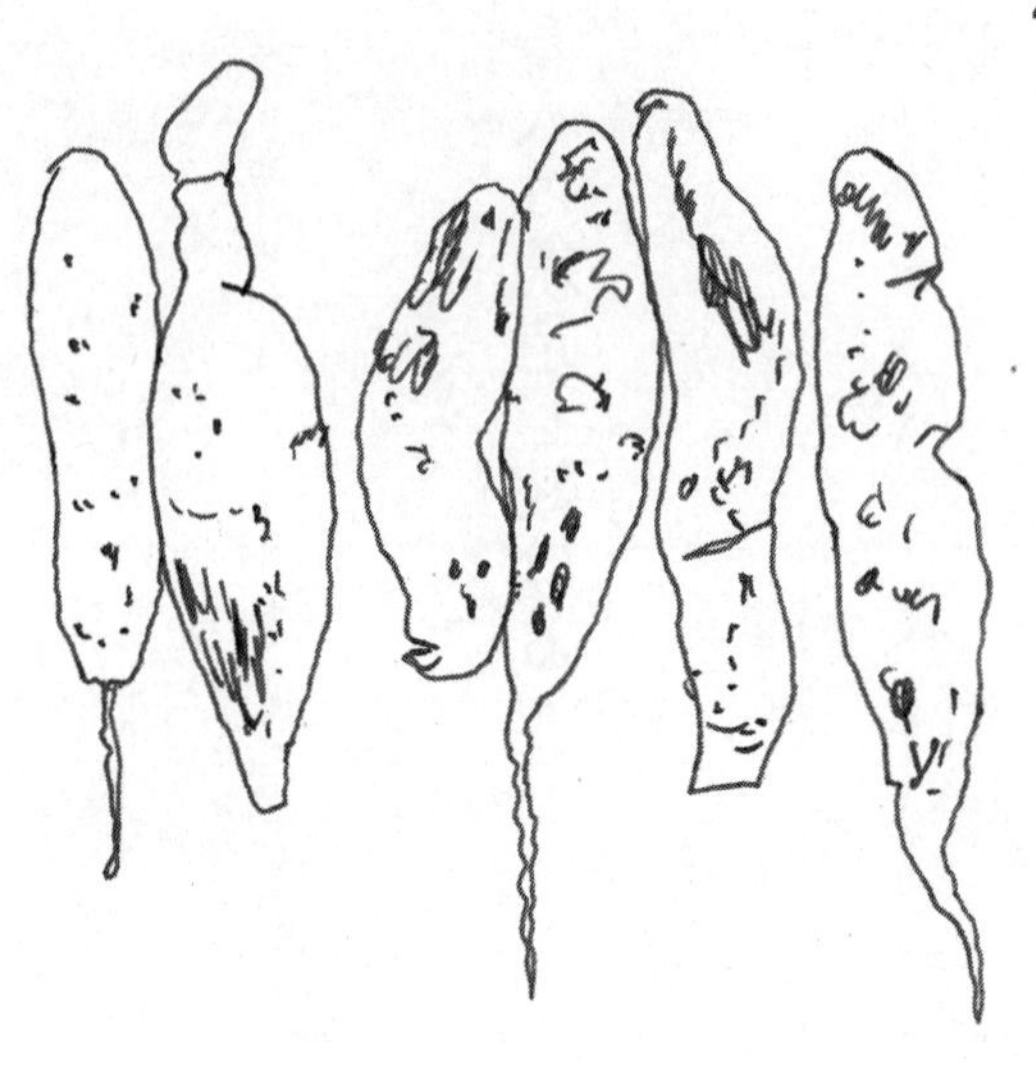

1　思考という巣

なぜ人間は思考をやめないのか

思考を続けていくと、目の前の現実を疑わざるを得なくなる。思考という散歩の道中、現実が幹線道路の一つにすぎないことに気づくからである。道路の脇には草原が拡がり、その向こうには隣町がぼんやりと見えている。草花の陰には虫が隠れているし、空からは太陽が照りつけている。大気圏を抜けると、そこに宇宙があるんだろうなと思いを馳せることもある。

しかし、それは骨の折れる作業でもある。なぜなら、同時に現実とも向き合い続けなければいけないからだ。よそ見運転は事故の元である。きちんと前方を確認しながら、四方八方にも焦点を合わせなければいけない。だから、思考を継続させるには大量のエネルギーが必要だし、すぐにくたびれてしまうのだ。

それにもかかわらず、なぜ人間は思考し続けるのだろうか。

僕は、次のように反転して考えた方が分かりやすいと思っている。

人間は、現実という世界だけでは自由であると感じることができない。現実が仮想空間であることなんて、もともと分かっている。だから、現実を脱出すること（＝思考）は、誰もが当然のようにやってきたことなのだ、と。

人間は生まれた瞬間から、現実による補正から自分を守り、自分自身を生き延びさせようと、独自の力を伸ばそうとする。たとえば今、一歳の息子は、僕が昔やっていた「空間探し」のような遊びを毎日している。

僕から見れば、食べ物には見えないものを舐める。穴があれば、とにかく入ろうとする。引き出しも全て開けようとする。見られたくないものや、触ってほしくないものは子どもたちに気づかれないように隠すが、絶対に見破られ、閉じていた蓋は大抵開けられてしまう。本を破る。石ころを口に入れて、吐き出す。覆っている布を捲（まく）る。道路の真ん中を歩く。

彼は思考を止め、現実に浸りきるようなことは絶対にしない。いつも何か別の空間を探し出し、どうにかそこで遊ぼうとしている。人間は歩き出す前から、終わらない空間探しをしているのである。

思考する動機があるかないかが問題なのではなく、空間を探し出し、自らの独自な空間をつくることが、生きることであり、思考そのものなのだ。

思考とは考える行為ではない

では、なぜ人間は生まれつき空間を探すのか。

この問いも僕は反転させて考えている。

何かを探すには、無知では不可能である。探すという行為は、他のものとそれが違う（もしくは自分が知っているものと姿形が似ている）という直観を起点にしてはじまる。

ということは、もともと息子は「何かを知っている」のではないか。息子はもともと、自分の空間を保有しているのではないか。だからこそ、現実という世界に生まれ出たあと、火星に到着した宇宙飛行士のように調査、探索を続けているのではないか。

子どもが熱中している「空間探し」は、子どもがあらかじめ保持している空間の存在を感じさせてくれる。

では、彼は思考していると言えるのか。一般的に使われているような意味での思考とは違う気がする。しかし、空間探しをしているということは、彼独自の思考を実践していることを意味するはずだ。

僕は思考することを「行為」だと思っていたのだが、もしかしたら違うのかもしれない。

先述した他人の家の匂いの話を思い出そう。匂いであれば、一歳の息子でも、そこが自分がこれまで体験していた空間と違う、ということは体感できるはずだ。言葉にできない、目に見えない感覚だからこそ、息子にも理解ができる。

つまり、思考とは「考える」という行為ではなく、もともとそれぞれの人が持っている「現実と対置された空間」のことなのではないか。

僕はそんな仮説を立ててみた。

思考とは、人間がその営巣本能によって内側に形成した「巣」なのだ、と。

現実の家とは別の巣作り

人間は思考することによって、感覚器官の扉を開く。

すると、人それぞれが持っている巣のような独自の空間に、現実が流れ込んでくる。

異質なものが紛れ込んでくることによって、春一番のような風が吹く。

風は扉を風車のように回転させて、現実と思考の空間を織り交ぜていく。

空間の変化は体にこれまでとは違う運動を生み出し、それが振る舞いとして現れる。

現実は、振る舞いによって「思考という巣」を繕うための小枝と化し、体の中に取り込まれていく。

このようにして、僕たちは現実の家とは別の巣作りを日々行っているのだ。


思考という巣。


建築家を志しながら一向に建てる気配を見せない僕は、たしかに現実の家ではなく、一貫して「思考という巣」に興味を抱いてきたのだと捉えると腑に落ちる。

隅田川沿岸で暮らす鈴木さんをはじめとした、路上生活者たちの家を調べている過程でもそのことを強く感じていた。たとえ家を失ったとしても、鈴木さんにはしっかりとした「巣」、つまり思考が備わっていた。だからこそ、生き延びることができているのである。

一方、僕たちは現実における家を手に入れるために必死になりすぎてしまい、「思考という巣」を疎(おろそ)かにしてしまっているのではないか。

思考という巣を模写する

扉が風車のように回転している間、僕は台所で妻に向かって、身振り手振りを交えてどうにか言葉を外に出そうとする。

それは歌として表現したほうがよい場合もあるし、鉛筆の動線、その軌跡によって何かのヒントが見つかる場合もある。

僕はいまだに肩書きのようなものは持っていない、というか、一つに定めることができないのだが、それは何か一つの方法で作品を作っていきたいのではなく、この現実と人間との接点を、日々の体の運動によって模写するように体現したいからである。

それは概念図というよりも、立体的な風景に近い。しかもそれは定点からの遠近法の絵ではなく、どの角度からでも眺められるし、時間の流れ方、記憶の思い出され方、数値や言葉では言い表せない香りの具合まで知覚できる多層な景色だ。

「思考という巣」をもう一つ別の空間に模写し、他者に示してみたい。

そんなことをいつも考えていた。

詩の構造

現実で知覚した信号は、春一番に乗って扉を開き、思考という巣に飛び込んでくる。その運動が起こす摩擦によって、巣の中でプラズマが発生する。その放射状に広がる電子を記録する。模写する。遠近法ではなく、音楽的に、風景を描く。

このように、思考と現実という二つの空間が扉を介して混ざっている状態。それが本来の日常である。そのことを認識できた時、「現実さん」という他者と意思疎通するための言葉の構造が新しく生まれる。

現実という重力を考慮し、構造計算を経て言葉を積み上げるこれまでの方法ではなく、思考という無重力空間が染み込んでくるに従い、より自由な方法で言葉を組み合わせることができるようになっていく。

その時、言葉が運動をはじめる。それぞれの言葉をつないでいたものは、鎖ではなく手だったのだと再認識される。そして少しずつ手を離し、他の仲間を探すために違う方向へ手を伸ばす。

塔のようだった言葉は風に吹かれ、斜めに傾き、次第に分解されていく。崩れ落ちる最中、言葉同士はぶつかり、音を出す。言葉は現実における意味ではなく、全く別の空間を言い表す音楽となる。

このように、現実で僕たちが使っている言葉には、既成の意味を持ちながら、実は新しいつながりを求める「詩の構造」が内包されているのだ。

それは音楽のようなものだから、現実では「言葉にならない」と放置されてしまうが、思考が入り込んできた今、それらは「言葉にならない」のではなく、別の世界の言語かもしれないという可能性に変化する。

その時こそが創造を行う瞬間である。すぐに感覚器官の扉を閉めよう。

今こそ、現実から完全に脱出し、「思考という巣」に籠り、創造へと向かうのだ。

学習机を使って「テント」を作った幼少の僕は、思考という内側にある巣を、現実に投影しようとした。まるで蜘蛛の巣を家の中に張るように、思考を具現化しようと試みた。

僕はあの時、建築の喜びや創造の快感を覚えたのではなく、内側に潜む思考の存在に気づいたのだろう。

思考は教育によって成長していくものではない。思考は技術ではない。

思考は、動物である「ヒト」の巣という空間であり、本能的に全ての人間が持っているものだ。

「思考という巣」に戻った僕は、そして書きはじめる。

現実に照らし合わせるのではなく、完全に自分の体から出てくる言葉を拾い、巣をさらに増殖させていく。集団が作り出した現実を排除することなく、しかし、徹底的に個となり、自らの空間を繕う。

そして、「僕の巣とは何か」を書くのである。

2 創造とは何か

現実は諸悪の根源ではない

現実がたとえ仮想空間であったとしても、集団を形成するかぎり、僕たちはその中で生きるしかない。つまり、現実から永遠に逃げることはできない。

しかし同時に、これまで書いてきた通り、人間が現実という空間「だけ」を知覚しているのではないことも、またたしかなことだ。

だから、僕たちが思考するためには、それぞれが持っている感覚器官の扉を閉め切り、自らの空間の中に身を置く必要がある。現実では、個々の空間知覚が抑制され、容易に集団で動くことができる周波数だけが選択されているからだ。現実は、個人が持っている複雑な波形から、集団にとって不必要な波を全て切り落としてしまうのだ。

だからといって、僕は現実を諸悪の根源として攻撃したいわけではない。もし現実がなければ、公共空間で人間が自由に動き回ったり、お互いの意思疎通を行ったりすることができないだろう。その意味で現実とは、人間という集団が作り出した「生き延びるための建築」であると言える。それは人間が集団を形成するために創作した必要不可欠な空間なのだ。

　ごつごつとした岩石でも長いあいだ水が当たると滑らかな丸石になるように、現実は集団が形成された瞬間に発生するのではなく、人間が集まっていくにつれて、徐々に作り出されていったのだ。

集団は一つの生命体

　大事なのは、現実が、集団にとってのみ実体のある空間であると気づくことだ。個人にとっては仮想空間なのである。

　今、僕たちはこの現実を、個人にとっても実体のある世界だと思い込んでいる。そして、思いつきや直観といった言葉で表現されるような事柄に関しては、勘違いや妄想などといって排除してしまっている。

　繰り返しになるが、集団は「個人の集まり」ではない。それ自体が一つの生命体である。人間と、人間を形成する細胞の一つ一つの形状が違うように、集団もまた要素に分けることはできない。それなのに、今や僕たちは集団の物の考え方や捉え方を、一人ひとりが模倣してしまっている。

現実とは「集団における空間」であり、あくまでも個人の空間は「思考」そのものなのである。個人にとっては、自分自身の体の中に形成された自家製の「思考という巣」こそが実体のある空間であり、現実という空間は個人にとって「錯覚」にすぎない。

動植物の思考

「思考という巣」を持たない人間は存在しない。人間だけでなく、動物も植物もみなそうである。

人間以外の動植物は本能で動いているのであって、思考などしていないと思われるかもしれない。しかし、たとえば野良猫のことを考えてみよう。野良猫はその土地を所有している人間が誰であろうと、何食わぬ顔で歩きまわる。彼らが生きているのは、人間とは別の現実で、縄張りという仮想空間だ。人間の所有者には関心を示さないが、野良猫同士の縄張りには常に警戒心を持って接している。

植物にも思考が存在する。その空間に従って、成長しようとする。今年の夏、僕は娘と朝顔の蔓で緑のカーテンを作ったのだが、それぞれの蔓は、太陽の動きに連動しながらも、少しずつ違う方向へと伸びていた。植物は太陽の他に何が見えているのだろう？　散歩中、Y字路でどちらに進むか迷う時、僕は自らの植物的な知覚を肌で感じることがある。

人間だけが特別なのではないのだ。

思考という空間は、あらゆる生物に存在している。

僕はいつも野良猫を見ながら、人は他の動物のことを本能のままに生きている生物と捉えているが、本当は違うのかもしれないと考えてしまう。直観は一瞬の熟考と言うが、それこそがまさに生物の思考なのではないか。

現実さんがいるから、思考もある

思考はあらゆる生物の個体の中にある巣だ。そこは、一番安全な場所であり、安定している。しかし、巣に永遠に留まっている生物はいない。そのままでは死んでしまうからだ。

たとえば、動物園の動物たちは永遠に食べる不安がない。それなのに、目や体の動きを見ると、快活に生きていないように感じられる。動物園の動物たちの姿を見ていると、僕は自分たち人間のことを振り返らざるを得ない。

動物園の動物たちには、野生動物と違い、僕たちと同じように「家」はある。しかし、どこまでも草原を走り続けることはできない。一カ所に一生留まることになる。これはどういうことか。それぞれの動物たちにとっての「現実」が存在していないということだ。彼らにあるのは「家」という「人間にとっての現実」だ。サバンナこそが彼らの現実である。それがなくなってしまった彼らの顔は、どんよりと力なく見える。

現実が消えてしまうと、それぞれの思考という巣も消失してしまうのだ。

こうしてみると、巣は、現実という仮想空間があって初めて、安定した避難所・住まいになるのかもしれない。逆に現実という空間がなくなってしまっては、牢獄と化してしまうのだ。

だからこそ、感覚器官の扉から飛び出し、現実という外の空間へと歩き出さないといけない。あるいは自らの体内にある「思考という巣」に、他者である「現実さん」を招かなくてはいけない。

「現実さん」を歓待し、落ち着いて他者として付き合ってみることで、自らの思考が、独自の知覚・認識によって形成された空間であると理解することができるのだ。

巣と巣をつなぐ橋

思考は感覚器官から現実という草原へ出る。もちろん、それは仮想の草原である。個人による思考を、現実に直接作用させることはできない。

ならばなぜ、現実が存在するのか。

そこが他者と意思疎通するための舞台だからだ。

当然ながら自分と他者の思考では、空間知覚の方法が違う。方言や異国の言語のように構造からしてまるで違うので、他者の思考を完全に認識することはできない。それでも、現実という場においてのみ、意思疎通の可能性が残されている。

とはいえ、現実は集団が活発に動くために作られているので、どうしても個人が持っている思考は横へ押しやられてしまう。つまり、集団内では一対一で複雑な意思疎通を行うことよりも、定められたルール、規則などの動線に従うことが優先されがちになる。

そのため個々の多様な思考は、現実においてすぐに窒息してしまい、息絶えてしまう。だからこそ、現実という空間において、個人同士の巣を無事につなぐ橋のようなものが必要になってくるのだ。

他者の思考との邂逅（かいこう）、対話を直接的ではないにせよ、可能なかぎり滑らかに実現するための方法とは一体何か。

僕はこれこそが「創造」であると考えている。

創造の意味

「創造」とは何も芸術活動だけを指すのではない。猪が山を走りながら作る獣道や、道中、目印になりそうな樹木に牙で引っ掻いて作る傷も創造である。

現実の中で生じた思考の痕跡。個人と個人のダイレクトな意思疎通を実現するために、単純化するのではなく、思考をなるだけ正確に投影するための装置のような言語。これこそが創造である。

思考は個々の人間の内奥に存在している空間なので、創造は集団ではなく、個人でしか行うことができない。しかも、それは芸術家に預けてしまうような種類の行為ではなく、まさにあらゆる人々にとって本来の日常でなくてはならないものであり、よく現実を眺めてみると、実は誰もが日々実行し続けていることなのである。

そして、この創造を行う瞬間こそ、現実を一時的に脱出すべきなのだ。

思考と現実をつなぐ扉を封鎖し、集団で使われている言語が仮想のものであることを認識する。そして、自らの思考という巣に籠り、独自の言語だけで、つまり独自の建築技術によって、巣をさらに増殖、修繕していく。現実における「常識」に抗うのではなく、自分自身に内包されている独自の秩序に従い、体の振る舞いによって、慣習という名の誤解や思い込みを攪拌し、創造を行うのだ。

現実という外部空間に飛び出した思考は、自分の体の周辺にあるうちは保持できるが、手の届かないところまで離れると、規律、常識、法律などの集団を管理するための装置によってすぐに壊されてしまう。現実は、そのように徹底して個人の思考に抗ってくる。

現実さんは「他者」なので、丸裸で対面しても通報されるのがオチだ。しっかりと言語化されていない叫びを人々に投げかけたとしても、誰も耳を傾けないだろう。他者もまた自分だけの空間を持っているのだから。土足で入り込んではいけないのだ。現実さんともそのように接する必要がある。

だからこそ、思考に光を当て、創造物をつくらなければならない。このように現実という世界における具体物へと投影しなければ、他者にはうまく伝達されないのだ。

創造物として形を現した途端、人々は集団という概念から一時的に離れ、個人としてその感覚器官で触れることができ、見ることができ、味わうことができ、嗅ぐことができる。

そう考えると、創造の可能性は無数に潜んでいることが分かる。現実から見れば混沌とした気配のような思考を、投影するための方法はいくらあっても足らないはずだ。

僕の場合、文を書くことだけでなく、絵でしか投影できないこともあるし、音楽だとスムーズにいくこともあるし、直接話をするほうがより詳細な思考を伝えられることもある。

現実では、思考そのものが生のまま残ることはない。つまり、創造なしに、思考は現実において生き長らえない。創造という伝達装置によって、初めて思考は他者に伝わっていくのだ。

しかし、ここでまた一つの問いが生まれてしまう。

僕はふと思うのだ。

人間はなぜその個人の思考を他者に、しかも死者や未来の他者にまでも伝えようとするのだろうか。

3　なぜ思考を伝達しようと試みるのか

本末転倒

人間は生命を維持するために、個々で生きるのではなく、集団を形成することを選んだ。そこで人間が発明したのが「現実」だ。そこは、他者との直接的な対話を可能にするための空間で、少しずつ時間をかけて形となり、成長していった。

現実のおかげで、人間は互いの創造性を交換することができるようになった。それにより、創造の背後に潜む、個々人の思考同士が出会うことも可能になる。他者の思考との出会いは、違う言語、文化、慣習を持つ人間が集まる自由なマーケットでの交易のように、さらなる新しい創造へとつながっていく。

このように現実はまず生命維持のために作られ、それにより、創造の爆発が起きた。意思疎通、言語、道具、宗教など様々なものが発明され、それらは時間をかけて洗練されていった。

当初、現実は、人間同士が対話できるように、互いの思考の信号を変換する装置のような役割を担っていた。それは手作りの愛嬌ある機械だったので、誰もがその欠陥に気づきつつも上手に付き合っていた。現実は複数存在する空間の一つにすぎないと、みんなが認識していたのである。だからこそ、必死に思考の伝達を行おうと、人間は技術を磨き、さらに現実を拡大していった。

しかし、次第に肥大化した現実は、他の空間を押さえつけ、まるで現実しか存在していないかのように振る舞いはじめた。自家製の機械だったはずの現実は、いつのまにか最先端の技術が詰め込まれたロボットのようになっていた。今ではそのロボットは意識を持ちはじめ、人間の目が届かないところで自己増殖を続けているようにさえ感じる。

現実という一つの生命体は一人歩きをはじめ、今では個人の思考が創造として芽吹けるような隙間を見つけるのが困難になっている。そのため僕たちは、現実以外に生きる場所はないと誤解し、たとえ現実に対して疑問を持ったとしても、その問い自体に蓋をするしか方法がなくなってしまった。

たしかに元々、現実は人間にとっての生命維持装置であった。しかし、現状はどうか。今は、集団という巨大な匿名の生命を守ろうと、個々人が必死になっているように見える。

人間は集団を生かすために生きているのではない。独自の知覚が実は発動していることを知りながら、現実を壊さないために押し黙っているのは、本末転倒である。

新政府いのちの電話

年間三万人近い自殺者を出す日本が示すように、現実はとっくに生命維持装置としての機能を失ってしまっている。

僕は『独立国家のつくりかた』（講談社新書、二〇一二年）を出した直後に、「新政府いのちの電話」という、希死念慮に苦しむ人と対話するためのホットラインを開設した。自らの携帯番号090－8106－4666を公開し、二十四時間相談を受け付けることにしたのだ。またいつもの僕が得意とする直接的で愚かな手段であった。

二千人近くの希死念慮に苦しむ人々が電話をかけてきた。電話口で僕は自分の体験をもとに、死にたいと思ってしまうのは現状の苦しさが原因に見えて、実は「脳の誤作動である可能性が高い」ということを伝えた。

そうすると、「死にたいとは考えなくなった」「自分が抱えている苦悩は、自分がやるべきと思っていることをやれという信号だったんですね」と元気になる人は少なくなかったが、もちろん僕にはどこまで効果があったのか正確に判断することはできない。

僕はほとんど全ての電話に出た。話し中だった場合にも電話番号は表示されるので、こちらからかけ直した。

僕の目的は、死にたいと思う人を死なせないようにするというよりも、これまで書いてきたような思考同士の伝達の場を作ることだった。死にたいという人の苦しみを聞くよりも、その人がどういう人で、どんなことに興味を持っており、どんな考え方をしているかを話し合うことに多くの時間を割いた。

非常に興味深かったのは、ほとんどの人が何らかの創造を行っていたことだ。芸術家であるというわけではない。ただ空いた時間に、絵を描いたり、文を書いたり、料理を作ったり、裁縫をしたり、コンピューターでシステムを作ったり、音楽をやっていたり……。

彼らの多くは匿名ではなく、自分の名前を僕に正直に教えてくれた。

また、僕自身が鬱で調子を崩し、そのことをインターネット上で伝えると、その期間中は電話がガクンと減った。それだけでなく「体調、大丈夫ですか？」と逆に心配して電話をかけてくれた人も少なくなかった。

さらには「新政府いのちの電話」を手伝いたいと言って、電話番号を一緒に掲載してほしいと言ってくれた人もいる。その中には高校生もいた。

僕は自殺防止のためのホットラインとしてはじめた「新政府いのちの電話」が、人間の可能性を探る対話へと変化していったことに希望を感じた。

自殺問題の根にあるもの

今後、集団という概念はさらに拡張し、個人の匿名化はどんどん進んでいくだろう。かつ、国家という集団を保持するための警備はますます強化されると考えられる。そのため、個人の思考の発芽を、集団はできるだけ排除しようとするはずだ。それは国家権力によって行われるのではない。個人の中にある集団への志向が、思考という巣を破壊しようとするのだ。

自殺の問題は、生活環境の悪化よりも、この自然破壊のような思考の抑圧にあるのではないかと僕は考えている。

希望のありか

集団が現実を作り出したのだから、現実で起こりうることは全て管理、監視することが可能である。個人はそんな集団に対して、抵抗を試みるかもしれない。もちろんそれは現実において抑止力にはなる。

しかし、それは同時に、自分自身を攻撃していることにもなる。抵抗もまた、現実しか存在しないという「空間の一元化」を強化してしまう可能性があるのだ。現実逃避をすればするほど、現実を強化してしまうように。

だからこそ、思考を他者に伝達する必要がある。

「思考という巣」があるというたった一つの事実を伝達し合うことが、現実とは別の空間が存在しているという確認につながっていく。

しかも、その伝達を受け取った人は、自分も独自の巣を持っていたことを思い出し、制限していた知覚を拡張させることができるのだ。

それはもうボロボロになってしまっているかもしれない。それでも人間には、まだ完全には崩壊していない「思考という巣」がかろうじて残っており、修繕の余地があるはずだ。現実はこれに対して、不安という形で行動を抑制しようと迫ってくるかもしれない。しかし、人間それぞれの手や足や耳や口や皮膚全体には、何かを作り出そうという意志、つまり思考の芽が、小さいかもしれないがしっかりと今も成長しようとしていることを見落としてはいけない。

そのかすかな感触は空間の一元化への警告であり、多層な空間を知覚せよと頬っぺたを叩く仕草であり、自分にもまだ力があったのだと発見した希望なのだから。

僕たちがすでに故人となった人間の書物を読んで感銘を受けるのは、昔に戻りたいという欲望からではなく、昔も今も変わらない、つまり時間などない空間が存在することを知覚できるからである。それは一方的ではなく、過去と現在の双方向から手を伸ばすように行われる伝達だ。

現実では「偶然」と呼ばれる突然訪れる驚きは、まだ見ぬ他者の巣から届いた便りであり、つまり、それは伝達が行われた瞬間なのである。

そして現実へ

僕たちは完全に飼い馴らされてしまったわけではない。今も人間は、言葉にできない感情や空間の予感、創造を行いたいという思考の芽が、完全には摘まれていないことを分かっているはずである。

しかし、それを互いに伝達し合うためには、現実で使われている言語では困難だ。現状のままでは集団だけでなく、自分自身からも監視されてしまう。

だからこそ、新しい振る舞いや言語を作り出すことが必要なのだ。

それをいかに作るか。

まずは自分の巣を、その思考の軌跡を、まじまじと見なくてはいけない。どこが壊れていて、どのように修理すればいいのか。まだ生きているはずの大黒柱は、どんな素材なのか。

その時、現実脱出が必要なのだ。

もちろん、人間が肉体を持ち、生きることができる唯一の場所は、現実であることを忘れてはいけない。他者が存在しているという当たり前の現象は、現実が作り出しているのだ。現実がなくなってしまえば、僕たちは他者どころか、自分自身すら知覚できない混沌とした世界に漂うことになるだろう。

僕は仮想空間である現実に生きる人々との出会いによって、この現実脱出論を書くことができた。だからこそ、現実から脱出し、自分の巣を確認したら、もう一度現実に戻って来なくてはいけない。いや、戻りたいのだ。

そして、他者に向けて、一本下駄を履いて見たこともないような体の動きで回転し、土の上を闊歩し、橋の欄干に颯爽と乗ったかと思った瞬間に、宙空へと飛び上がり、逆光で真っ黒に塗り替わったまま、人々の上を遠く飛び越えながら、創造した言葉を伝達したい。

そのとき、言葉は歌のように鳴るだろう。
そろそろ時間である。
無事に帰還し、「現実さん」と再会しよう。

4　現実へ

僕は現実のことを何も知らない

本から目を離して周りの景色を眺めてみる。

太陽の光は格子状のガラス窓に当たり、畳は光と影で色分けされ、窓の向こうには風で葉っぱが揺れ、割れたガラス窓から蜂が一匹、音を立てながら入り込んできた。左手の煙草の煙は、もくもくと部屋に広がり、次第に見えなくなっていく。雨漏りしている天井板は変色し、黒ずんでいる。

いつもの風景である。見慣れたものだ。

しかし、その一つ一つをよく見ていくと、自分が何も知らないことを思い出す。見慣れた風景の中に知っているものがいくつあるだろうかと考えると、どれ一つないかもしれないと不思議な気持ちになる。

ガラス窓の木枠は何の木だろうか。蜂は何という名前なのか、なぜ僕のところに飛んできたのか。凧はそれぞれの葉っぱを均等ではなく揺らしているが、もしも凧が見えたなら、どのような流線を描いているのだろうか。そもそも凧はなぜ起こるのか。

僕は現実のことを何も知らない。

弁当を食べたのだが、その食物たちは体内でどのような処理がなされているのだろうか。また貧乏揺すりをしているが、脳味噌はいったい次はどんな創造を振り落とそうとしているのだろうか。

考えれば考えるほど、分からないことばかりで、しかも、それを一つ一つ知ろうとしたら、仕事どころか、生活もままならない。

そう思うと、またいつも通りの暮らしに焦点が合ってしまう。広がろうとする感覚器官の扉から漏れ出る思考という空間を制御するために、僕は徐々に扉を閉め、日常へと戻っていく。

とてつもない喜びと深い絶望と

妻から所用の電話がかかってきた。

この電話の主は本当に妻なのかと確かめることなく、いつも聴いている声だと早急に判断した僕は、確認することなく、妻と話しているように会話をする。

妻がどんなことをふだん考えているのかすら、僕は知ることができない。妻にも「思考という巣」があるはずだが、それを実際に目で見ることができないことに、途方にくれるどころか、笑ってしまった。

僕は妻の考えていることすら、手に触れることができない。それにもかかわらず、僕は日本語という言葉を使って、妻と対話している。対話した気になっている。それで時々、共鳴し、抱きしめ合ったりする。

人間の目は焦点が合っているところしか実は見えていないことなど忘れてしまって、人と目が合ったりすることに何の疑問も持たないでいる。自分は暗闇の洞窟で松明（たいまつ）を持った原始人だったはずなのに、何事もなかったように町行く人々と無言ですれ違う。かと言って、暗闇の洞窟だとちゃんと知覚して、すれ違う人々にいちいち反応し、涙を流して歓喜していては、現実では生きていくことができない。

現実はこのようにとてつもない喜びと、深い絶望が、同居している。この世界では喜びこそ一番求められるものであり、絶望は一番避けたいものとして捉えられているが、刺激される部分、刺激されたあとの反応の仕方が違うだけで、感覚器官が知覚し、感情を揺さぶられるという機械運動として考えると、二つは同じものなのだ。

このように僕は、自分に襲いかかってくる周期的な躁鬱状態と付き合っていくために、感情すらも機械の動きであると認識しようと試みる。

だが時々、涙目の向こうに見える現実という幕から、焚き火の煙が一本まっすぐ空に伸びている村の姿がちらり垣間見えるのだ。それを見た僕は、捨てても捨てても捨てきれない「人間らしさ」を感じながら、丸裸のまま、その村へ還ろうとする。次の瞬間、我に返った僕は現実という世界にただ佇んでおり、仄かに懐かしさだけが体に残っていることに気づく。

そうこうしていると、時間が経過し、空の色が変わってきた。時間などないと認識していたはずの僕は、こうして一日の仕事を終え、黄昏れる。

帰巣本能の正体

僕たちは現実でしか生きることができない。それでも僕は現実を一時的に脱出し、感覚器官の扉を閉じ、自らの思考に還っていく。そして、その中で創造を行う。

創造は、僕の内側で起こるつむじ風のようなものだ。その風は、現実へと流れ出て、他者の思考へと向かい、まるで細胞が集積し、一つの人体を形成するように、各々の個人の思考が現実を介して創造という神経回路で結ばれ、一つの都市を浮き上がらせる。

それは「思考都市」と呼ぶことができるかもしれない。人間は現実の公共空間とは別に、思考をそのまま単純化せずに知覚し、手をつなぐように形成された空間も持っている。

目に見えるもの、知覚できるものしか信じることができなくなったと人は言うが、それでも偶然や勘違いは頻繁に日常の中に潜んでおり、たまにひょこっと顔を出す。もちろん、現実ではこのような「思考都市」の気配は時間の経過とともにすぐに消え失せてしまうが、それでも何かに着目してじっと眺めていると、何も知らないことを実感するどころか、ある物が存在しているその背景に浮かび上がる「目に見えない気配」を感じ取ることができるだろう。

これは人間に備えられた帰巣本能なのか。

僕は自宅にいるのに、帰巣本能によってどこかへ還りたいと願っている。しかし、それは昔を懐かしむのとも違う。過去への回帰ではなく、自分が発していた「問い」へ戻ろうとしているのだ。

まだ問いの火は消えておらず、灰の下のほうに燻(くすぶ)っている。スイッチ一つで明るく部屋を照らす蛍光灯の下で、僕は小さな炭の破片を慎重に引っ張り出し、ゆっくり息を吹きかける。周囲の人々は室内で火起こしをする僕を奇異の目で見る。次第に、火種は大きくなり、薪に火がつきはじめた。今度は強く息を吹きかける。現実における「問い」によって火種の気配を感じ、現実を脱出し、火種を確保し、強めていく。そうやって創造という「炉」を作る。火が大きくなりすぎると、周囲の人々を焼き殺してしまうことになる。だから、火を見て、熱くなりすぎないように薪で調整する。そうすれば、それは人々の団欒（だんらん）の中心にもなり、食事も作ることができ、身も守れる。

そのような意味で、人間はみな建築家であり、巣作り職人なのだ。

営巣本能によって作り上げた「思考という巣」から、情報・技術を伝達し、都市を形成するために、人間は現実という仮想空間で生きる。

現実は集団によって緻密に作り上げられているので、そこが実体のない空間であることをすぐに忘れてしまうかもしれない。知らないことも当然のことだと誤認し、疑問を感じても問いに発展させることなく、すぐ蓋をするようになってしまう。

しかしふとした時、必ずこの帰巣本能（思考）が働きはじめる。

思考は知らないことを知ろうと努力することではない。それは紛れもなく、その人個人の空間知覚に還る行為なのである。

現実における常識を知り、それを発展させて独自の行動をするのは思考ではない。

それでは「現実だけが存在している」という誤解をさらに強めてしまうだけだ。

そうではなく、現実から脱出し、個人が持っている独自の空間「思考という巣」へとまず帰還する。そこで、その巣で体感している自らの空間知覚、感覚器官との接続の具合、現実という標準空間と混じり合う時の独特の癖などを確認してみる。

そして、個人の思考の方言を、振る舞いを、路地を、創造によって投影する。現実や、現実が生み出した社会へ向かってではなく、他者というもう一人の個人へとダイレクトに橋を架ける。

巣への帰還

退屈な時と楽しい時とで流れる時間の速度が違うと感じたり、同じ部屋なのに人がいないと狭く、満杯だと広く感じたりする。

ふと目に留まった看板の文字に、次の行動のヒントをもらったり、音で聞いていたものを漢字で見ると、全くイメージが違っていると感じたりする。

外で食事をしていて突如嗅いだ匂いを音楽のアルバムでたとえたり、バイクで信号待ちしていたら小学校の同級生と偶然会ったりする。

それらは僕の思考のどの部分の投影なのか、もしくは他の誰かの思考との邂逅なのか。

現実での常識に照らすことなく、一切シャットダウンしない。現実を脱出した先の「思考という巣」では、それらの断片が巣の材料となって少しずつ付け加えられていくはずだ。

自らの思考が感覚器官の扉から現実へと漏れ出たら、最初それはとても異物に見えるだろう。ぎこちなく、よく躓（つまず）くことだろう。それを見て、人は笑うかもしれない。それでも、人々が隠してしまっている問いを、火種を、振る舞いながら、箒（ほうき）で集めて、火を焚きおこす。もくもくと。

現実に単純化される前に、現実から脱出し、巣籠りをして、独自の空間を創造という他者に知覚できる衣にして、羽織りながらぎこちなく踊る。爆発する個人的な知覚を衣の懐に隠し持ちつつ、剽軽（ひょうきん）な顔で貧乏揺すりをしながら笑う。手を刃のように伸ばして、大気を切り、足を独楽（こま）のように回転して、滑り転げながら、地面を擦る。それは現実からは見えないが、動物としての「ヒト」には通ずる獣道として、独自の都市形成の可能性を喚起するだろう。

思考を刷新するのではなく、巣へと帰還すること。

そのぎこちなく線形を描く体の動きの軌跡こそ、未来への思考であり、現実の中に二重の都市を炙(あぶ)り出す。

人間はそこにこそ生きているのである。

まだ見ぬ、未来の人間たちは僕たち自身なのだ。

エピローグ　ダンダールと林檎

二〇一二年春のことである。

その時、僕はこれまでで一番深い鬱に陥っていた。

ワタリウムという東京の美術館でそれまでの十年間の作品を一堂に集めた個展が開催されていたにもかかわらず、僕は用意してもらった都内のホテルを一歩も出ることができず、引き籠っていた。

それが脳の誤作動であることを自分に自覚させようとしてみても、無意識の力はとてつもなく硬い巨石のように動かすことができない。意識的にどう足掻(あが)いても、無意識の神経が勝手に誤作動をはじめている時は、全く歯が立たない。こうなると、僕の場合は自死への階段を一歩ずつ上ってしまうことになる。

ある程度落ち着いている今、その時のことを振り返ると、なぜ死のうとしたのかは全く分からない。その時の行動の記憶は残っているものの、どのようにしてそう思うに至ったのかという精神状態の記憶がきれいになくなってしまうからである。

ただその時に、僕はこれまで体験したことのない、不思議な現象と遭遇した。


ベッドで打ち拉がれていた僕は、口にタオルを含み、自分を窒息させようとしていた。しかし、こんなことでは窒息することはできない。やはり首でも吊らないと駄目だと思い、ユニットバスへと向かおうと体を起こそうとした。頭は朦朧として、体もふらついていた。そんなときに、一つの像が湧いてきた。

それは、バンクーバーにある民族博物館で見たハイダ族の文様や、東京ディズニーランドの「魅惑のチキルーム」にあるチキという神様(ポリネシア一帯で祀られている)に似ている。モアイにも見える。

顔だけが特別大きい。その顔は、カタカタとカスタネットのような乾いた音を立てて笑っているようにも見える。

それは僕が以前描いた絵に似ていた。

家に書斎机しかない僕は、よく家の居間で絵を描く。その時もしゃがみ込んで、黒インク一色でA1サイズのケント紙に絵を描いていた。すると、台所から出てきた妻

が一言「面白い絵」と言った。

妻は僕の絵を反対側から見ている。それでなぜ面白い絵と感じるのか不思議に思った僕は、絵を天地反転させて眺めてみた。

その絵が残像のように、ベッドの向こうの夜の窓際に浮かび上がっている。死のうとしていた僕はあっけにとられて、それをじっと見つめた。

その体は皮膚がどろどろと流れ落ちていたり、湯気のように気体となって天井に向かって沸き上がったりしている。電気反応が起きている部分もある。水が氷になったり、水蒸気になったり、雷になったりするように、物質のあらゆる変化がそこに現れているように感じた。

しばらく見ていると、カタカタ動く口が大きく開き、どろっとした息が低い反響音とともに漏れ出てきた。同時に「ダンダール」という声が聞こえた。

気づいたら僕は眠ってしまっていたので、もしかしたら夢だったのかもしれない。朝起きると、昨日までの鬱は抜け去っていた。

僕はこれまでそのような幻覚を、一度も見たことがなかった。精霊などこのご時世、どこにもいるわけがない。そう僕は考えていた。

しかし、現実と呼ばれる世界でも見方を変化させると、実は精霊がそこかしこに潜んでいることが分かったのである。橋の手摺りや、鬼瓦、交差点にあるお地蔵さん。実は至るところで見つけることができた。見えない知覚でしか確認できないはずの精霊は、なぜだか現実で大いに受け入れられていた。


ある日、たこ焼きが食べたくなった僕は、自宅の近所にある田福田という名前のたこ焼き屋へ買いに行った。すると、そこにも陶器製の精霊が七つ並んでいる。おそらく七福神だろう。僕は七福神のことを思い浮かべてみたが、大黒様、恵比寿様、弁財天、寿老人、布袋様は分かったが、後は知らなかった。そして、その知らない二つの人形のうちの一つが「ダンダール」によく似ていたのである。

調べてみると、それは毘沙門天という仏教の神様であることが分かった。もともとはインド・ヒンドゥー教の神様であるらしい。その神様はカイラス山というヒマラヤの聖なる山の一つに、アンカーという水晶の城を建設し、住んでいる。建築の神様なのかもしれないと嬉しくなった。

さらに、毘沙門天像を探すと、運慶が彫った毘沙門天像が伊豆の願成就院に納められていることを知る。

その彫刻を見てびっくりした。なんと左手にモバイルハウスを持っていたのだ。それは宝塔と呼ばれる一重の塔で、僕が土地に定住しない家ということで設計したモバイルハウスと瓜二つだった。左手にモバイルハウスを持ち、右手に三叉鉾を持っているその像は、家が竜巻で吹き飛ばされないように毘沙門天が守っているように見えた。オズの魔法使いの竜巻で飛ばされたドロシーの家のことも想起させた。

そして僕は四、五歳のころ、当時住んでいた福岡県糟屋郡新宮町でよく竜巻を見ていたことも思い出した。

新宮の町を調べていると、八〇五年に最澄が唐の天台山から戻ってきた時に、僕が住んでいたところにも来ていたことが分かった。最澄が唐から持ってきて焼べた火は、千年経つ今もずっと絶えず、千年家と呼ばれる民家の竈で燃え続けているという。しかも、そこに最澄が手彫りした毘沙門天像が奉納されているというのだ。

もう何がなんだか訳がわからなくなった僕は新宮町役場に電話し、その毘沙門天像を見たいと尋ねてみた。

しかし、常設展示はしておらず、年に一度だけ御開帳しているとのこと。

御開帳の日を聞くと、四月十三日と教えてくれた。

この日はなんと僕の誕生日だったのである。


その後、郵便受けに一通の通知書が入っていた。それはある弁護士事務所からの訴訟を起こすという警告書であった。

警告書を読むと、どうやら「いのちの電話」という言葉は商標登録されており、僕がそれを名乗ることは商標侵害になるのだという。今後も使い続けるのであれば賠償請求をするとのこと。

僕は「新政府いのちの電話」で一円もお金を受け取っていないのだから、それはないだろうと思ったが、これもよいきっかけだと思い、名前を「草餅の電話」に変更し、さらに「いのちの電話」の現状調査を行ってみることにした。実際に電話をかけてみたのだ。

電話はなかなかつながらない。五時間ほどかけつづけて、ようやく電話がつながった。五十歳代と思われる女性の声がした。

「死にたいんですけど」

「落ち着いてください。どうしましたか？」

「いのちの電話に訴えられてしまいまして、不安で死にそうになったのです」

「どういうことですか?」

そこで僕は事の経緯を伝え、終わりに、「訴えてもいいけど、先日見た毘沙門天様からの天罰が下るかもしれないから気をつけてください」と伝えた。もちろんヤケクソの冗談のつもりだった。

すると、女性の声が止まった。

「なぜ、今、毘沙門天と言ったのですか?」

「いや、先日死にそうになった時に、なにやらダンダールと声を出す不思議な精霊と出会いまして、それがどうやら毘沙門天なのではないかと勝手に判断しているんです」

女性は声を改め、静かに口を開いた。

「いのちの電話では素性を明かさないという約束ですが、毘沙門天の話が出てきたのでしたら、話は別です。実は、私は日本で最初に聖徳太子が毘沙門天を祀った信貴山(しぎさん)の朝護孫子寺の尼でございます。私は今、熊本に毘沙門天のお寺を建立しようと動いておりまして、このいのちの電話もその修行の一つであります」

そして、彼女は本当に翌日、毘沙門天のお札を持って僕の家にやってきたのだ。

僕は「ダンダールとは何か?」をずっと調べ続けていた。ダンダール、ダンダールと呟く僕を妻は茫然と見ていた。

ある日の朝、僕たち（僕、妻、娘四歳、お腹にはもうすぐ生まれる息子）は布団の中で目が覚めた。二月である。まだ寒いので布団から出たくない。

でも、娘は昨日の夕方、僕が「明日は幼稚園が休みだからピクニックに行こう」と言ったことを思い出した。娘は僕が何気なく適当に言ったことでも決して忘れない。この日のピクニックのこともちろん忘れてはいなかった。

しかし、寒い。妻は身重でもある。妻は僕に非難の目を向けた。

そこで僕は、昨日はちょっと興奮してピクニックに行くと言ってしまったが、やはり寒いので、止めないかと伝えた。しかし娘は「嫌だ、絶対にピクニックをする」と言い張る。もしかして、娘にしか見えない「よっちゃん」という友達も誘っていたのかもしれない。一方、妻からは外に出るのは本当に無理だという圧力もかかってくる。

どうしようかとしばし逡巡したあと、僕は自分が小さいころからやっていた遊びをふと思い出し、それを娘に提案してみることにした。
「今日は寒いので、お腹の赤ちゃんのことを考えると外に出るのは得策とは言えない。しかし、我々は昨日ピクニックに行くと約束をした。当然、それも叶えたい。その二つを同時に実現する方法を見つけた！」と僕は布団の中で天井に向かって言い放った。娘は「どうするの？」とまだ怪しんでいる。

　家の中でピクニックをすればいいのだ。

今すぐ起き上がって布団をたたみ、和室であるこの寝室に愛用している赤色のセサミストリートの柄が描かれたビニールシートを敷いて、その上に座って朝食を食べるというのはどうか。

娘はそちらのほうが楽しそうだと興奮し、一足先に布団から飛びあがった。妻もそれならいいと納得してくれた。

　紅茶を沸かし、トーストを焼いて、サラダを作り、いつもなら居間のテーブルで食べるところを、和室に敷いたシートの上に娘が並べた。居間に敷こうかとも思ったが、やはりピクニックは草原で行いたい。家の中で一番草原らしき場所と言えば、藺草（いぐさ）が敷き詰められている畳であるという結論になった。

娘はなんだか実際にピクニックをするよりも喜んでいるように見えた。自分がイメージしているものを実際に実現するよりも、そのイメージに近づけようと、何もないところで足掻いたり、連想させるような行為をするほうが、実はより空間としては体感できているのかもしれない。妻もまんざらではない様子だ。家族全体で、そのままママゴトをやっているような状態になった。

僕は気持ちよくなり、はじめはシートの上に座っていたが、空(天井)でも見上げようかと、寝そべろうとした。

すると、娘が「パパ起きて!」とうるさい。

なんだよ、気持ちがいいのだから、いいではないか。僕は、「ここは草原なのだから寝転びながら食べてもいいんだよ。なに君はそんなとこだけ現実的になっているのか」と文句を言った。

ところが娘の文句は、もっと真剣なピクニック感覚から来ていたのだ。

僕が寝転がったところは、よっちゃんのために空けておいた空間だという。だから他の場所であれば寝転がってもいいよと言うのだ。

いつも食事をするテーブルではそれぞれの椅子に座っていたので分からなかったが、

このようにして同じシートの上に座ると、娘がどのような空間の中で食事をしていたのかが可視化される。僕は三人で食事をしているつもりだったのだが、娘の中ではずっとよっちゃんがいたのだろう。

その時、僕はふとダンダールのことを思い出した。そして、娘にダンダールもピクニックに参加してよいかと聞いてみた。もちろんと娘は言った。妻は座ってトーストを咥(くわ)えながら、落ち込んでいる……。

そこで、僕は娘に、落ち込んでいるママのために草原の向こうの林になっている林檎を一つ、とびきり美味しいのを選んで持ってきてと、ベランダに出るガラス戸を指して言った。娘は走って向かい、一つ一つ吟味してこれだと思った林檎を引っ張る素振りを見せながら、妻のところへ持ってきた。

すると、妻は右手を出し、透明の林檎の重みを感じるように掌で受け取った。それを見て、つい僕はこう呟いた。

「それがダンダールなんだけどなぁ」

妻は涙目でその林檎を口にほおばった。

あとがき

みなさんいかがでしたか？

読み終わった今、あなたが現実さんとの再会をじっくり噛み締めているのなら、僕がこの本に込めた思いは実現されたことになる。

最後まで読んでくれてどうもありがとう。


この本を書き終え、ほっとした僕は、自宅のベランダ沿いの和室で寝転び、執筆の疲れをしばし癒やそうとした。すると、風船のようにカーテンがゆったりと膨らみ、仄かな風が流れてきた。その瞬間、二年前に、当時「新政府首相官邸ゼロセンター」と名付けていた築八十年の日本家屋で娘と遊んでいた時のことを思い出した。

その時、四歳の娘はゼロセンターに吹き込んでくる風を指差しながら、

「家と違う風さんが入ってきてる。こっちの窓は木だから風さんが喜んでる」

と言ったのである。すぐに意味を呑み込めなかった僕は、ゆっくりその言葉の真意を確かめた。

娘が言うには、風は窓を見て判断しているらしく、築二十年のマンションである我が家のアルミサッシの窓よりも、この戦前の木製の窓のほうが好きなのだそうだ。娘はそう言いながら、「窓」というタイトルの風が吹きすさぶ絵を色鉛筆で描いた。

それ以来、僕は娘のように風さんの顔が見えるようになったわけではないが、風もまた生き物なのだということを感じられるようにはなった。現実さんとの素敵な付き合い方をしている娘は、このようにいつも僕に現実さんとの関係を円滑にするためのヒントをくれる。

日記を読むとこの本は、今年の一月十日に書き始められている。しかし、本当の書き始めは二〇〇八年に遡る。この年、僕は本書、さらには前著『独立国家のつくりかた』の担当編集でもある、川治豊成くんから本の執筆を依頼された。同い年である彼と意気投合し、興奮した僕は、そのまま勢いに身を任せ、一カ月半で三百五十枚の原稿を書き下ろした。仮のタイトルは『坂口アンテナ』。僕がこれまで知覚したことを全て文字として紙の上に定着させようという試みであった。

しかし、まだ技術がなかったのだろう。僕は読み返しているうちにこんな本を出しては駄目だと思うようになり、川治くんの励ましを無視して、その原稿を全てボツにしてしまったのだ。

それから六年。

本書は、まさに『坂口アンテナ』で僕が書きたかったことだ。六年もかかったが、無事に書き終えることができて心から嬉しく思う。そこまで待ってくれた川治くんにもお礼を言いたい。本当にありがとう。

世界は混迷を極めているが、僕にはまだはっきりと希望が見えている。社会を変えることができる、といまだに強く思えて仕方がないのだ。

前著『独立国家のつくりかた』では、実際の社会でどのように空間を知覚し、生きていくかを書いた。その効果はあったと実感している。しかし同時に、まだ何か足りないという思いも消えなかった。社会の表層を変化させたとしても、人間という一匹の動物はまた路頭に迷う。もっと無意識の領域へ言葉を届かせないといけないと次第に思うようになっていったのだ。

そして、生まれたのが本書『現実脱出論』である。

すべての人が実はまだ忘れていないこと。

気づかないふりをしているだけで本当は口に出したいこと。

手をただ差し伸べ、触れること。

見えないものに包まれているおかげで僕たちが生きているということ。


六年前は、これらの思いを言語化することができなかった。

本の出版をはじめて今年で十年になる。ようやく自分の足で立てるようになってきたのかもしれない。自分の思いを言語化するのではなく、他者と思考を伝達し合うために創造するのだと気づき、僕は自分が少しだけ成長したことを実感した。

この本はこれから続く僕の行動のはじめの一歩である。


最後になるが、この本を書く過程で何度も苦しんだ僕を、一緒に落ち込むことなく笑い飛ばしてくれた妻フー、娘アオ、息子ゲンに、感謝の気持ちを伝えたい。僕は彼らがいるからこそ書いている。この本は家族への手紙でもある。本当にありがとう。

これからもよろしく。

そして、現実さん、あなたにも最大限のお礼を伝えたい。
これからは僕の行動の伴走者となって一緒に風景を見ましょう。
あなたがいなければ私は存在しないのだから。

二〇一四年八月十五日　熊本の自宅にて

坂口恭平

（☎090－8106－4666）

第7章　現実創造論

——文庫版のための書き下ろし

畑の私

　この本の文庫化にあたって、さらにあとがきを書こうと思ったのだが、僕は振り返って書こうとするとうまくいかないので、新しく書いてみることにしました。そっちの方が気が楽です。好きにやるのが楽しい。これこそ僕にとって現実から脱出するための一番の方法です。というわけで二〇二〇年版の『現実脱出論』を今から書いてみることにします。

『現実脱出論』とタイトルをつけましたが、僕としてはどこかから逃げる、というよりも、新しく別のものを作る、自分の体に合ったものを勝手に自力で作る、という意味で名付けました。『現実脱出論』というよりも「多（他）現実創造論」と言ったほうがいいかもしれません。つまり、この本は僕なりの創作論です。ただの創作論じゃないはずです。作品を作るんじゃなく、自分にとっての現実を新しく作る。僕にとっての作品はすべて新しい現実なのです。

　また、この本は、僕自身が抱えていた「躁鬱病」という精神疾患とどう付き合って生き延びていくか、ということも主題としてありました。最初に結論を言うと、僕は今自分が「躁鬱病」であるとは思っていません。治った、わけではないのかもしれません。僕が病気ではないと自覚しているだけなのかもしれません。しかし、事実として、ここ一年、僕は躁鬱病の症状である鬱状態、躁状態のどちらも発症していないんです。この本を書いた二〇一四年はまさに躁鬱病に苦しんでいた年でもあります。だからこそ、僕は新しく自分なりの生き方を見つけ出す必要がありました。そしてこの本を書くことで、少しずつ方法を見出し、技術を獲得していきました。そして、六年が経過した今、僕はこの時に抱えていた問題は、解決したというよりも、問題とは感じなくなっています。その代わり、創造している分量は、二〇一四年と比べて比較できないくらい膨大になりました。それだけ自分にとっての現実を、無数に生み出した結果なんだと思っています。

おかげで今、僕は健康です。

自分なりの健康を獲得する。これこそが、現実脱出の最良の方法なのだと思ってます。

というわけで、ここからは僕がこの六年の間にどのように現実から脱出してきたか、つまり自分なりの健康を獲得してきたかについて書いてみましょう。二〇二〇年七月現在は、新型コロナウイルスによる感染症が流行し、人と人が会えなくなり、集まれなくなり、手の洗浄、殺菌、除菌と清潔であることを求められ、生き方、仕事の仕方などがこれからどうすればいいのかとぐちゃぐちゃになってはいますが、僕の場合はこういった現実ともつい距離を置いてしまいます。誰しもに適した方法など一つもないからです。どんな時だろうと、常に、顧みる必要があるのは自分自身であり、世の中に合わせて生き方を変えてしまうとろくなことになりません。というわけで、目の前の問題はとりあえず置いておいて、やっぱり僕は自分なりの健康を獲得してきた方法について書いてみたいと思います。

健康＝自分が過ごしやすい現実

まず「健康」とは何でしょうか。

健康とは創造するものです。つまり、自分で作るということです。健康という状態があって、そこに戻せばいいということではありません。元に戻すことはできません。そんなものはもともとないんです。僕という体は常に動き、変化し続けています。一秒経てば、もうそれは違う体なのです。だから、あの頃がよかったと戻すことはできません。その都度、自分なりの健康を発見し、創造していく必要があるんです。

多くの人が共通認識している「現実」という世界は、ある人にとっては健康でいられる世界ではありません。それは当然のことです。なぜなら現実もまた誰かによって「作られた」世界であるからです。そうやってできた現実は誰かにとっては健康でいられるかもしれません。しかし、僕が「いのっちの電話」（090－8106－46

66）と名付けて死にたい人からの電話を受けている限りでは多くの人にとって現実は健康でいられる世界ではないようです。むしろ、人に合わせる必要があり、自分にとって大事なものは軽視され、自分にとって不必要な事柄ばかりの窮屈な世界であることが多い。もちろん、これは僕が電話に出て、直接話を聞いた人たちの声をもとに書いているので、偏っているかもしれません。しかし、それは実際の人の声であることは間違いなく、僕は統計などのデータは逆に信用できないので（改竄ばかりすることの世の中じゃ当然の結果だと思う）、この声をもとに考えていくことしかできないと考えています。

現実は多くの人にとって健康でいられる世界じゃない。

それなら現実脱出するのは当然のことです。自殺者が多いのも当たり前です。あれだって、決死の現実脱出の方法なのだと思います。アルコールや薬物やギャンブルの依存症になるのだってそう。普通の顔して、この現実で毎日の生活を送るってこと自体が、一番不健康な世界だと思われ始めているような気すらしています。

そんなわけで、現実脱出するのが今では「当然のこと」だとみんな思っているのではないでしょうか。

しかし、なかなかその良い方法までは開発されていないような気がします。自殺すれば現実脱出できると言えるのでしょうか。僕はそう思えません。人間というものは、生命体というものは、生きるために生きています。死ぬために生きるわけじゃありません。もともとは生きるためにつくられたのが「現実」だったはずです。その現実が今腐ってきています。その時、その現実の中で自殺することが現実脱出になるでしょうか。それはまた現実の中でその周辺の人々に大きな影響を与えてしまうでしょう。むしろ、自殺することはこの現実というものが逃げ出せない世界であるということをさらに強化させてしまいます。そうではなく、僕は生き延びて、独自の健康を作り出す、そうやって新しい現実を無数に生み出すことによって、今、固定していると思われているこの現実を薄めることができるのではないかと考えています。そして、それくらい今、現実は弱体化しているとも思っています。

現実は一つではなく、いくつかあるべきで、自分で好きにどれかの現実を選んだり、創出できたりする方が生きやすいのではないかと考えているのは、現在、僕だけではないはずです。きっと多くの人がそのような考えでいるのではないでしょうか。現実逃避するなと思っている人の方が少数派なのではないかとすら僕は考えています。

だから、みんなも自分なりの健康を作り出した方がいいと思います。僕はそんな人を応援し続けていきたいし、僕自身もどんどん自分なりの健康を生み出していきたいです。健康＝自分が過ごしやすい現実、なのですから。

十歳の僕

自分が健康な世界とはどんな状態でしょうか。

過去のことも、もとに戻すことはできませんが、参考にはなります。

僕が記憶している健康な状態は、小学四年生の時です。十歳でした。その頃、僕は体中で健康を感じていたような気がします。もちろん、これは記憶ですから、勘違いも多いと思うのですが、関係ありません。別になんでもいいんです。自分がふっと健康だったなあと思い出せるくらいで。記憶は記憶に過ぎません。勘違いが多いのも当然です。だからこそ、あの頃に戻ることはできません。それでいいんです。でも、参考にはなります。みなさんも思い出してみてください。

その時、あなたは健康でした。つまり、あなた自身の現実をいくつか持っていた可能性が高いです。

僕の場合、つまり小学四年生の時、十歳の僕はどうだったのでしょうか。ちょっとだけ振り返ってみましょう。

僕は当然ですが、小学生でした。学校には通っていました。野球部にも入っていました。

　学校が好きだったかどうかはわかりません。別に勉強が楽しかったわけでもありません。でも、嫌いでもなかったです。勉強はやればやるほど点数が高くなりますから、それはそれで目に見えて結果がわかるので、やりやすいなと感じてました。野球部は楽しかったのか。それほど楽しかったわけではありません。でも友達がいたので、友達と遊んでいるような感じが良かったです。体を使っていたのも良かったのかもしれません。でも、どちらも特段楽しいというわけではなかった。それでも健康でした。

　何が楽しかったのでしょうか。僕がその頃、夢中になっていたのは、すべて自分の机で行われていました。

　まず僕は漫画を描いていました。Ａ４のコピー用紙を父親が大量に持っていたので、その紙を使って、一人で切って折ってホッチキスで留めて、すぐに本っぽいものをつくることができました。そこに漫画を描き込んでいたのです。週刊の漫画ですから、学校の勉強どころではありません。かと言って、勉強をほっぽりだすということもしたくなかったようです。そこで僕は朝早く起きて漫画を描いていました。それだと誰も邪魔しません。三人兄弟で六畳間の子供部屋にいましたが、朝早くは誰も起きてきませんから、一人でアトリエみたいに自由に使えました。時間が早いってだけで、いつもの狭い子供部屋が広く感じられたのです。そうなると漫画のペースも上がりました。不思議なものです。週刊の漫画を溜めて、さらにそれをまとめて増刊号みたいな雑誌を作ったりもしていました。これは今でも覚えてますが、とても楽しかったです。自分で描けばなんでもできるし、漫画の単行本を買ったりしなくていいことに驚きました。自分で楽しむものを自分でつくれることに気づいて、興奮していました。

さらに漫画だけでなく、当時流行っていたのがファミコンカセットの「ドラゴンクエスト3」でした。というわけで、僕はそれも自分で作ってみることにしたのです。方眼紙ノートを買ってきて、まずは広大な地図を描き込みました。そして、サイコロで転がして主人公たちを動かしていきます。サイコロの偶数の目はそのまま進めますが、奇数が出ると敵と出会うことにしました。方眼紙ノートとは別に小さなノートを三冊用意しました。一つはすべての敵が雑魚キャラからラスボスまで描きこまれています。体力や魔法、特徴なども数値を書いてます。もう一つが武器、道具ノート、さらにもう一つが魔法の種類や効果が書き込まれた魔法ノートでした。なんとそれだけで、ファミコンカセットとほぼ同じくらいの規模のロールプレイングゲームを生み出すことができたのです。誰からも教わったりしませんでした。全部自分で考えた。自分で考えることが楽しいと知ったのもこの時です。

さらには僕は当時流行していたサンリオのグッズを真似して、文房具も自分で作りはじめました。それを透明のOPP袋に入れると商品に見えました。A4のコピー用紙に色鉛筆で罫線を描き込んで、キャラクターを新しく生み出して描き込むことであら不思議、ただの紙が便箋になったのです。これもまた衝撃でした。そして、それを数十円で同じクラスの女の子たちに販売することもしていました。商売の喜びを覚えたのもこの頃です。

さらに僕は自分で学級新聞を作ってました。取材をして、学校のニュースを書いたり、もちろん中段には連載小説を書き、挿絵も自分で描いてました。それを印刷して無料でみんなに配布してました。メディアを作ることの喜びを知ったのもこの時のことです。

確かにこのとき、僕は将来こんなことをそのまま仕事にしてみたいもんだ、と思ったことを覚えてます。

十歳の頃、僕にはどれだけ現実があったのでしょうか。今、人が言う「現実」とはやっぱり姿形が違っていたんじゃないかなと思います。厳しい現実なんてものは一つも顔を見せませんでした。どれも緩く、そして脆かったですが、それでも僕にとっては楽しい現実たちでした。その現実たちを呼び上げてみることにしましょう。

現実① 小学校

小学四年生の僕がいた現実です。学級委員長でした。クラスでは勉強ができる子で、スポーツもそこそこ好きな子。男の子とも女の子ともそこそこ仲が良い子。でも親友と呼べる人がいたのかはどうも怪しいけど、それなりに仲が良い仲間たちとコンチキという海賊みたいなグループを形成したりはしていました。ま、どこにでもいる至って普通の健康な男の子という感じでした。

現実② 部活

野球は好きだったんですけど、それは弟と二人で放課後にしていたゴムボール野球が好きなだけで、実は野球は好きではありませんでした。それでもゴムボール野球に一番近い運動ではあったので、問題ではなかったのですが。試合は嫌いでした。緊張するようなことが苦手で、コントロールが悪くなるので、ボールはいつも地面に投げつけてワンバウンドで投げてました。そうすればノーコンと言われることがなくなったことに驚きました。グローブで捕るとエラーをしてしまうので、体でボールを受けた方がいいと知ったのも大きかったです。そのやり方を馬鹿にはされましたが、それでもエラーをしない人になりましたので、問題はありませんでした。でも楽しくはなかった。仲間といるのは楽しかったけど、一生一緒に楽しくやれそうな友達ではないかもな、趣味が違うし、とか感じてました。でも、運動は健康には最適でした。土に塗れて汚れているのも良かったんだと思います。

現実③　家の中

家の中ではまさに僕は創造主となって、毎日創造を継続してました。勉強をしなくちゃいけないので、集中できずに悶々としたこともありましたが、でも、完全に集中することをしないことが良かったんだと知ったのは、大人になってからです。僕はついつい一つのことを集中してやりたくなってしまうのですが、そうすると、集中し過ぎて疲れて鬱になってしまっていたんです。だから今では、少しずつ、分裂して、創造をするようになりました。この十歳の時の僕は、それを学校という一見、余計なもののせいでできていたということになるかもしれません。とにかく部活が休みの完全な休日に家で鉛筆と紙を持っている時が一番の幸福でした。そして、それだけでなく、いろいろやらなくちゃいけなかったという環境自体も、創造行為は遅延させましたが、その代わり健康を守ってくれたと言えるでしょう。

現実④　漫画家

僕は自分のことを漫画家だと思っていました。これは早朝の机に向かっている時に感じていたことです。学校に行くと漫画家ではなくなってしまいました。でも帰ってくるとまた漫画家になることができたのです。

現実⑤　ゲームクリエイター

ゲームクリエイターとしての能力は漫画家よりも劣っていると感じたものの（隣のクラスにもっと上手くゲームを作っている人がいたので比較することができた）、それでもそこそこできるし、自分が必要なゲームは全部自分で作ればいいやと感じることができたきっかけになりました。ここで重要なことは、そこまで技術が高くなくてもなんの問題もないってことです。別にそれで食っていく必要もないですから。ただ楽しく、健康でいられることが重要で、それこそが、僕にとっての新しい別の現実なんです。その意味ではこのゲーム作りもしっかりと現実作りの一端を担っていたなと思います。なんにせよ手を動かすことが重要だったんですね、きっと。

現実⑥　文房具会社社長

これは先ほど書いたようにサンリオの真似をして「サカリオ」という文房具商品を作って、売っていた僕の姿です。これは商品というものを作るのが得意だと自覚することができましたし、漫画家としての僕が活かせて、かつお金が稼げる。しかも工場で作るのは面白くない、自分で全部作るのが一番面白いと感じられました。今、僕は、自分が作っているものだけを商品にしてお金を稼いでますが、その元になっていると言える現実でしょう。

現実⑦　メディア王

そして、これらのいろいろ作ったものを僕は学級新聞の化けの皮をかぶって、そこに盛り込ませて宣伝をしてました。このメディアを売ろうとはしませんでした。売るのはサカリオの商品だけ。これは今ではTwitterで自分の全活動を広報している姿に似ているところがあります。そこでは無料でなんでも提供するのです。そうやって人の関心を引こうとしてました。お金が直接関与してくる前からそうだったのは興味深いです。メディア王であるために、いろんな催し事も小学生の時にやってました。しかも、その主人公は学校でちょっといじめられているような人であることもありました。それが次の現実につながっていきます。

現実⑧　いじめ調査隊

僕は誰とも深く親しくなることができませんでした。どの人ともそこそこです。基本的に一人で過ごすことが幸せだったのですが、小学生でそんなことあんまり言えないんですよね。というわけで、僕も小学生らしく、まあそこそこ友達と遊んだりしていたのですが、基本的にどこからも離れているために、よく観察ができるわけです。そうすると、クラスの中でいじめられる人が目に入ってきます。僕はただの好奇心旺盛な人間だったので、どうしてその人がいじめられるかを研究しはじめたんですね。僕自身はいじめていなかったと思います。でも好奇心旺盛にその人に根掘り葉掘り聞いたりしていたので、人に優しくしようと思って接していたわけではありません。でも偏見なしに付き合っていたとは思います。そして、いじめられていた人たちの家にまで行って詳しく調べることをはじめました。僕も家で漫画やゲームを作ってましたから、家での現実が重要なことを知っていたとも言えます。主に二人のいじめられていた人を調べたのですが、一人は楳図かずおとクイズダービーという当時流行していたクイズ番組の研究者であることがわかり、もう一人はエジプト文明の謎を探究する考古学者であることが判明しました。一人はこの本にも登場したＩくんのことですね。二人ともに共通していたのは、一人で過ごした方が楽な人だったのです。つまり、僕とも共通点がありました。それを突き通すと、小学校ではいじめられるのかもしれません。このように社会を観察することは、その後の、僕の路上生活者をフィールドワークしたり、さらには携帯電話番号を公開して、「いのっちの電話」をはじめる僕の根本になっているような気がします。

以上のような現実たちの中を僕は行き来しながら生きてました。それぞれに興味深く、かつ、それぞれに忙しかったです。この時、僕は小学四年生の子供ではありましたが、僕自身はそれだけではないと自覚していたようです。いろんな世界がある。いろんな現実がある。そして、それぞれに使い分けることが楽しい。それ自体がさらに健康につながると無意識に感じたんでしょう。僕があの頃、健康だったのには理由があると知りました。やはり健康だったんですから、僕独自の現実が複数存在していたわけです。

健康創造＝現実創造

現実脱出、つまり、多（他）現実創造をしながら、サバイブしていくという方法は、僕のこの時の経験が元になっているんだと思います。そして、躁鬱病で苦しんでいた僕が、どうにかしなくてはと思って、振り返ったのもまずはこの時の経験でした。確かに僕は健康だった時期があるんです。おそらくそれはどんな人にもあるんです。でも、その時のままではいられなくなった。もしくはいられないと勘違いした。そんなことがきっかけとなり、人々が口にする「現実」というはっきり言えば退屈でつまらない窮屈な世界だけで生きなくてはいけないのかと勘違いしていくわけです。そうなると、当然ですが、健康ではなくなります。この本を読んでいる人は皆そうやって健康ではなくなってしまった人なんだと思います。そうでないと『現実脱出論』みたいなわけのわからないタイトルの本なんか手に取らないわけですから。だから皆さんも多くの現実の中にいた時期を思い出して欲しいんです。もちろんあの頃に戻ることはできません。しかし、思い出すことで、あなた自身もまた現実をいくらでもつくり出すことができていたということに気づくことはできるはずです。

この今の現実で健康な人はおそらく一人もいないはずです。だっておかしなことばかりじゃないですか。国家の主が嘘をついても平気でまかり通っている世の中です。ぜひどんどん皆さんも新しく自分なりの現実、つまり、健康を創造していきましょう。誰にも頼らなくても別の現実を実はいくらでもつくることができます。この本でそのお手伝いができればと思います。そして、死にそうになったらぜひ「いのっちの電話」に電話してくださいね。自殺は最後に取っておきましょう。それよりもまずは健康創造の方が楽で簡単ですよ。

自分の好きな小学校を作る

そんなわけで、自分なりの健康だった時を思い出した後は、それに従いつつも、でも今の感覚で、今にしかできない方法で、その現実創造、健康創造をやってみるのです。これも僕の方法を例にして伝えることにしますね。

素直に当時僕が作っていた現実をまずは全て実現してみることにしましょう。

まずは現実①「小学校」です。これはですね、一時間ごとくらいの細かい区切りでやることを変えていく、ということです。学校の時間割がおそらく健康につながるんです。今、多くの人が、何時間も一つの仕事をやらされているじゃないですか。あれをぶっ壊そうってことです。あのやり方だと絶対に不健康になるんです。一つの現実に常に触れさせるわけですから当然の結果です。なので、苦しいなと思う人はすぐにその仕事をやめましょう。改善しようと思っても、その固まった現実の中で物事を変えるのはとにかく難しいです。現実っていうものは一度できてしまうと変えることがなかなかできないんですね。でもつまりは、自分でその現実を作り上げることができたら、それもまた簡単には揺らがないってことにもなります。人の現実の中で生きるのは速攻でやめましょう。もしも苦しいのなら、苦しい原因を他に探すのではなく、一番時間を取られているはずのその「仕事」をやめちゃいましょう。やめると楽ですよ。お金がなくなるからと不安にさせるのもその現実の悪い癖ですが、お金はこの社会で生きている限りはなくならないことになってます。無い人には提供するという別の現実があるからです。そういう社会保障があるのですから、しっかりとそれを活かしましょう。お金が原因で、やめたいものもやめられない、ということは、仕事を中心とした現実のおまじないであって、お金が無い人でも生きていくことができる権利があるという現実の中では、そんなことないから不健康に過ごすのはやめましょうということになります。まず嫌な場所からは立ち去るんです。それが一番楽な方法だと思います。

嫌な小学校はすぐに転校して、自分が好きな小学校を作ってみてください。僕が作った小学校はこんな感じです。

朝は執筆

まず朝は四時に起きます。僕が二〇二〇年につくった小学校はとにかく朝が早いです。これは僕が朝早く起きているだけで幸せを感じるからそうしただけです。あなたはあなたなりの小学校をどんどんつくってくださいね。僕は朝四時に起きると一番気持ちいいと調べて発見しました。誰も起きていませんので、自由にできます。これも十歳の時の経験が元になってます。そして、漫画は描かないのですが、漫画よりのちに好きになった「文章」を書いてます。毎日原稿用紙で十枚分、四千字の原稿を書いてます。

これは別に宿題ではありません。宿題が大嫌いだったので、宿題はしません。つまり、ここでいう宿題をしないとは、誰かから依頼された原稿を書かないってことです。それは職業自体に逆らうことになります。作家は誰かから原稿を依頼されてそれに応えてナンボです。締め切りに追われて生きるのが醍醐味です。しかし、僕はそのような人がつくった作家の現実に興味はありません。僕は自分なりの健康を作りだすことが重要なのです。それで稼ぐことが重要ではありません。もっと言うと、人がつくった現実の中では逆に稼げません。だって、それを作りだした人の方が稼げる仕組みになっているからです。だからそこには入り込みません。つまり、文学賞を受賞する必要もありません。僕はただ書くだけです。依頼も受けずに書くんです。それでどんどん完成品をつくります。その後に、それを出版したいと思う版元を選びます。断られたら、他の版元に聞くだけです。これだけで締め切りという僕にとって不要な現実を捨てることができます。締め切りはいつも自分で設定するのが好きなんです。それが毎日十枚ってことです。一冊の本なら、一カ月で書き上げてしまいます。でも、その本がいつも出版されるわけではありません。だけど、それは気にせずにどんどん次の本を書くんです。書きたいことだけを書いてます。小学四年生と同じです。やりたくないことをするという現実は一切排除してます。おかげでどんどん書けます。僕は年間三千枚の原稿を書いてます。毎日休みなく十枚書いているので当然です。つまり、十冊分の本を書いてます。そこから出版されるのは三冊か四冊です。でも、他の本もゴミになるわけではありません。どれも数年後、出版されてます。だから断られても何にも気にしません。人のペースで動かないでいると、はっきり言って、とんでもない速いペースになっていきます。今の僕は、すでにこれから一年間に出る新しい六冊の本が決まっていて、もちろんですが、その六冊をもうすでに書き終えてます。こうやって、自分のペースで朝早く書いていると、大抵は一年か二年くらい先の時間を生きることになっていきます。これもまた別の現実を作りだしているってことです。時間もまた現実が二十四時間であるというのは、一つの考え方に過ぎず、自分のやりたいことに夢中になっている時間は百時間にも二百時間にも膨張していくのです。

朝の執筆の時間は長くても五時間です。つまり朝九時の段階でもうすでに十枚の原稿を書き終えてます。でも仕事が終わったという感じではありません。これはもう毎日の楽しい朝のドリルみたいなもんです。次はやっぱり休み時間が必要です。休み時間と言っても、子供が休むはずはありません。遊びたいのです。勉強以外のことをやりたい。というわけで、適当に読書とか、画集とかを九時から読んでます。しかも休み時間をたっぷり取るってのが僕の夢だったので、九時から十二時まで三時間も休むことにしました。朝の仕事を終えて、そのまま暇だと落ち込むことがあったのですが、昼過ぎにまた別の授業を入れているので、この三時間はあくまでも途中の休み時間です。その感じがいいみたいです。

給食は自分で作る

お昼になると給食を食べます。給食は嫌いでしたが、僕は自分で料理をするのが本当に好きなので、自分で作ります。今日はカルボナーラを作りました。準備するものは、チーズ、ベーコン、卵、パスタだけです。まずはベーコンをたっぷりのオリーブオイルで炒めて、冷やします。次に、大きめのボウルを出して、チーズを粉にして、真ん中に土手みたいなものを作ります。そして、土手の左に先ほどの炒めたベーコンをオリーブオイルまみれのままいれて、右に卵を落とします。チーズで土手を作るのはベーコンの熱が卵に移って、煮えてしまわないようにするためです。あとはパスタを茹でて、お湯から出したら、ボウルにいれたベーコン、卵、チーズの上に覆うようにしてのっけます。そして数えること十秒。いい感じに卵が煮えて、チーズが溶けてきたのを見計らって、箸でグルグル混ぜるだけ。調理時間十五分くらいで絶品のカルボナーラを作ることができます。みなさんも試してみてください。僕は料理をすることで、何度も鬱をぬけてきました。二〇一八年はとうとう料理本まで出してしまいました。とにかく手を動かすことがいいみたいです。そういう意味では現実⑤のゲームクリエイターだった時の現実の延長とも言えます。今や料理も稼ぎになりましたから、現実⑥の文房具会社社長の商人精神も入り込んできてますね。このように、基本ベースを現実①の小学校にしながら、そこにどんどん他の現実を紛れ込ませていきます。そうやって、いろんなことで忙しくなる、どれも細切れだけど充実している、これが僕にとっての一番の健康みたいです。みなさんも案外そうかもしれませんよ。自分に聞いてみてください。

午後は図画工作

ご飯を食べたら、午後の授業の開始です。学校で一番好きだった授業は、図画工作を二時間連続でやる時でした。なので、午後は毎日、その一番幸福な授業を、しかも自分で好きなようにやることにしました。そのためのアトリエが必要になります。僕は全然使われていない熊本市現代美術館のキッズファクトリーという工房を使わせてくれないかと美術館側に申請しました。二〇二三年にこの美術館で個展をすることが決まっていたので、それまでならいいですよと許可をもらいました。そんなわけでまずは図画工作室を獲得しました。午後一時を過ぎると、向かいます。そこで今は、パステルという画材で近所の風景を描くことが本当に心から好きなので、それを描いてます。午後四時まで三時間描いてます。

あの頃、こんな図画工作の時間があったらよかったのになあと思う最高の理想の形を勝手に自分で実現させてます。描いた絵は、そのまま毎日、Twitterに無料でアップしてます。これは現実⑦のメディア王だった僕の現実ですね。そうやって、僕が自分で作った新しい別の現実は、常にこの現実⑦のメディア王の僕という現実の中で日々発信、発表されてます。それ自体は無料ですが、それを見た人が絵が欲しいと言ってくれるのですね、ここでまた現実⑥の文房具会社社長の僕が出てきて、値段交渉をします。一枚の絵の値段は時価ですので、その度に違いますが、大体十万円くらいですかね。僕はどこかのギャラリーに所属しているわけではないので、それもそこの現実に縛られてしまうので、僕には窮屈なんですね。だから値段も自分で決めるわけです。一日にアトリエで描けるのは二枚くらいです。だから現実①の小学四年生の僕としてはただの楽しい図画工作の時間なのですが、現実⑥の社長としては一日に絵だけで二十万円くらい稼げるな、と計算していることになります。別に売れなくてもいいんです。売れるなと考える現実があるというだけで僕は健康になるんです。現実⑥の社長からすると、絵だけで月収六百万円となってます。しかし、実際は大体年収で一千万円くらいです。これが僕のお金という現実の金額です。でも現実⑥の社長は、絵だけで七千万円を超えますから、年収では一億は必ず超えていると思っています。そうやって、僕はお金のことに関しても、現実の金額だけでなく、それぞれの現実でいくらくらい稼げているのかを考えたりしています。なぜならそうやって考えたほうが面白いからです。同時に、そうやって考えることで、落ち込まないようにもしてますし、これからもっと伸びる自分のことを勘定に入れることは、作品を伸ばしていく上でも大変重要な考え方になってます。

部活の時間は畑

絵を描いたあとは、部活です。野球は好きじゃありませんからしません。でも外で活動するのがよかったはずです。地面、土と触れているのもよかったのかもしれません。そんなことを考えていたら、もしかして畑をやったらいいのかもとふと僕は思いつきました。今まで考えてなかったことでした。僕は農作業自体やったことがありませんでしたし、自分に合っているわけないと思い込んでもいました。しかし、畑をやろうと思ったのは、コロナ騒ぎでスーパーに行った時に、生理的に、スーパーで野菜を買うのが嫌になったからです。この本でも何度も書いていると思いますが、この生理的に嫌になった、という兆しはとにかく新しい現実が生まれる、つわり、みたいなものです。気分は悪いですが、変えるチャンス、生まれるチャンス、やめるチャンス、そしてはじめるチャンスです。

そう感じたら、すぐに動きましょう。僕は思った瞬間に、スーパーから出て、そのまま市役所に電話しました。幸運にも一つだけまだ空いている農園がありました。すぐに電話をすると、二区画借りても年間一万円だと教えてくれました。広さは三十平方メートル。十分な大きさです。僕はそこで借りることにしました。二〇二〇年の四月のことです。何も知りません。技術もありません。それでもやってみたいと思ったのですから、どんどんやってみることにしました。現実はいくらあっても多過ぎることはありません。むしろどんどん作って、もしも飽きたらすぐにやめたらいいだけです。それくらい現実というものは、本当は柔らかいものなのです。だから今回も何にも躊躇せずに、畑をはじめてみることにしました。

はじめた瞬間にびっくりしました。僕は久しぶりに土と再会した気がしたからです。それは野球部をしていた頃の自分との再会でもあり、もっと小さい頃、それこそ四歳とか三歳とか、健康とか考えることなく、ただ現実が無数に存在していた無意識全開の時代を思い出すきっかけになりました。そして、僕はこの土遊びが無茶苦茶好きだったことも思い出したのです。さらに、それが全くなくなっていたことにも気づきました。土が「やあ！」と声をかけてきたのです。クワを持ち、堆肥を混ぜて、土作りをしている時に、僕はもうすでに畑をはじめてよかった、畑部に僕は小学校の時入りたかったんだ、と気づきました。部活もまた自分で作り上げることができるのです。顧問の先生は、ヒダカさんという農園の持ち主だったのですが、この人がまた僕にうってつけの褒めて伸ばすタイプの優しい人だったのも幸いし、僕は畑部で思い切り活動するようになりました。しかも、水を得た魚のように、才能も開花しはじめたのです。初めてやった人だとは信じられないと周りの畑仲間からも言われるようになりました。畑には毎日行きました。部活だから当然です。やりたいことだから当然です。

野菜は毎日顔を合わせると、僕を理解してくれたのか、どんどん成長してくれました。毎日畑にやってくるので、虫たちも「ちぇ、またきたな」とすぐに退散してくれるようになりました。おかげで野菜は一切虫に食べられることがありませんでした。僕は四十二歳にして初めて、自分に合っている部活動を見つけたようです。おかげで、それまで躁鬱病で病院に行っていたのですが、その必要がなくなったのです。薬も飲む必要がないと思いました。そもそも自分で育てた野菜の栄養っぷりが半端なくて、それ以上の薬があるだろうかと思うようになったことが大きいと思います。家族とも相談の結果、毎日、畑に行くなら、そのほうがいいだろう、また調子が悪くなったら、病院に行くと約束して、完全に通院、服薬をやめました。現在、前回の鬱から数えて三百日ほど鬱になっていません。十九歳に発症してから、僕は一度もこんなことがありませんでした。しかも、それまでの十八歳まではほとんど僕は健康だったのです。寝込むことも一度もありませんでした。ということで、毎日の日課を決めて、創造行為を押し進め、さらに畑をはじめたことがダメおしとなり、僕は今ではすっかり健康になりました。もちろん、元に戻ったのではありません。僕は、全く新しい現実を手にしたのではないかと思っています。今ではあの脱出を試みようとしていた「現実」の重みがほとんどありません。それはいくつもある中のたった一つの現実に過ぎないと身も心も経験を通じて、知覚した瞬間が訪れているのかもしれません。そんな今、僕は確かに健康なのです。僕なりの方法ですが、僕なりの健康を創造することができたのではないか。それが二〇二〇年の今の僕が感じていることです。

夢を味わう

畑から帰ってきて、夜七時に夜ご飯を食べ、ゆっくりしつつ、お風呂に入り、毎日、小学四年生だった頃と同じように夜九時に寝るようになりました。睡眠が取れていることも非常に大事ですね。夢というものもまた無数の現実のうちの一つなのですから。夢をしっかり見るのも健康の秘訣だと思います。だからこその早寝早起きです。夢もまたしっかり現実だと思って、毎日、睡眠に入っていくのを楽しみにするようになりました。夢を覚えている必要なんかないんです。寝ていれば必ず夢に入って行ってます。それを覚醒した現実に持ち込む必要はありません。だから夢の記録は取らなくなりました。夢は夢、その現実をひたすら味わえばいいんです。つまり、よく眠ればそれが夢の世界を味わうということなのです。

僕の一日

そんなふうにして、僕の生活は現実①の「小学校」をベースに組み立てられています。小学校がつまり「日課」となってます。つまり今の僕にとっての現実①は「日課」ということですね。他の現実がそこにどう入り込んできているかも見てみましょう。現実②の「部活」は、畑ですね。野球部とは比べものにならないくらい、僕の身になっています。そして、何よりも、土と触れることの重要性に気づきました。部活は何よりも、土と触れているってことが大事だったんだ、だから野球部が面白くなくても健康だったんだと逆に気付くようになりました。今では畑で毎日、両手を畝に突っ込んでます。両足ははだしで土の上を歩いてます。虫にも鳥にも触れて、風にも雨にも触れて、そして何よりも植物と対話できるようになりました。それができると、土の中の具合が手でわかるようになってきます。今、畑をはじめて七十日目くらいですが、毎日欠かさず行ってます。こんなに毎日やりたいと思う部活は初めてのことです。イチローにとっての野球もこんな感じだったのかもしれません。トマト、きゅうり、ピーマン、大葉、サツマイモ、カボチャ、スイカ、メロン、とうもろこしを育ててます。先日、スイカを初めて収穫しました。こんなに甘いものを自分で収穫できたことが信じられません。自分が生きるために一番大事な食べるものを自分で作れているということも安心感を生んでいるんだと思います。

現実③の「家の中」はどうでしょうか。家の中は今でも僕にとっての大事な現実です。僕は基本的に、人と今、ほとんど会っていません。会うのは、家からすぐ近くの橙書店の店主久子ちゃんと、畑の顧問であるヒダカさんくらいです。あとは基本的に一人で過ごしてます。おかげで本当に心から安心できているようです。昔、いろんな人に会わなくちゃいけないと思って会ってましたし、飲み会なども参加してました。しかし、僕の場合は本当に安心できる状態じゃない限り、人と会うのは有害だと気づきました。みんながそうだとは思いません。でも僕の場合はどうやらそうだったようです。躁鬱病も人と会い過ぎることによって発症しました。今やほとんど人に会ってませんから、躁鬱の波が激しくなろうが、人に一切迷惑をかけないのです。だから自分の体も楽です。人にも自分にも迷惑をかけないのですから、もう病気と言えない、というわけです。そんなわけで、現在の現実③は「一人で過ごすこと（少しの親友とともに）」ということになりますね。

現実④の「漫画家」はどうでしょう。漫画家にはなりませんでしたが、絵と文は今も書いてます。今、僕の主な仕事は本の執筆と絵を描くことです。収入もどちらも同じくらいで、その二つの仕事が今の僕を引っ張ってくれてます。その意味では漫画家にはなりませんでしたが、作家と画家という二つの道に分かれて、それぞれに現実を今も作りあげてくれているようです。どちらも小さい時からずっと好きでやっていることですから、一度も、もう二度とつくれない、みたいなスランプになったことがありません。そもそもスランプとはやりたくないことをやっているからなるのであって、ストレスがゼロな仕事にはあり得ないことです。その意味で僕が本を書いたり、絵を描いたりする上でスランプになることはおそらく一生ないんだと思います。やりたくない時にはやりません。ただそれだけなんです。やりたい時は思いっきりやりたいけど、それは現実①の日課できちんと時間を決めてます。やり過ぎると、あの嫌いな現実の仕事に近くなるから避けているという意味もありますが、僕にとっては何よりも「多様な刺激」こそが体にいいようです。一つの刺激だけを送り込んでいくと必ず窮屈になるようです。だからこそ、できるだけ支離滅裂に生きる、そのための時間割を作りだすとどんどん健康になっていきました。

現実⑤の「ゲームクリエイター」は今ではやってませんが、そのかわり手を動かすことであればなんでもやるようになりました。今の僕は、作家と画家の他に、ギターで歌を歌います。歌も作ります。さらにその弾くギター自体も自分で全部木を切って、曲げるところからやって、作り上げました。さらにセーターを編むようになりました。娘のスカートも編みました。自分で着る服は自分で作るようになりました。ミシンもうまくなりました。料理も自分で作ります。さらには畑部で野菜も自分で作るようになりました。畑の土を使って、器も作りました。陶芸もやるようになりました。ガラスも吹くようになりました。もうありとあらゆることを自分でやってます。そのうち、自分の家を自分で作るようになるんじゃないでしょうか。それくらい、この現実⑤は一つだけでなく、無数に広がっていってます。そして、確実に言えるのは、一つ何か新しく作れるようになると、それだけで、また一つ健康になっていくのを体がしっかりと感じているということです。これだけは真実です。ぜひあなたも自分で欲しいものは自分で作れるようになりましょう。お金が稼げるようになると、すぐ生活水準をあげそうになりますが、僕の口癖は「生活水準じゃなくて、自分の水準をあげろ」です。お金で解決するようなこと、獲得できることは本当にズボラで全然興奮しません。それは僕が小学四年生の時からしっかりと気づいていたことです。ファミコンカセットよりも自分で作ったゲームの方が楽しいのです。だから徹底して、自分で作れるようになるといいなと思います。本当にお金は減りませんし、むしろただ稼げるようになるだけです。その余ったお金はどんどん困った人に渡してあげるといいと思います。とにかく生活水準なんて一切上げずに、自分の作る能力だけを最大限まで引き伸ばしてみてください。僕の感想は、とにかく一つ技術を覚えたら、それだけ健康になれた、です。

現実⑥の「文房具会社社長」はどうでしょうか。僕は実際に、六年前に合同会社こととりえという会社を立ち上げました。すると、これもまた体が楽になりましたね。こちらはお金という現実とも付き合いがあるため、僕のような好き勝手なことをやる性格では疲れてしまいます。そこで、税理士に全ての経理を任せてます。それだけでこんなに楽になるとは思いませんでした。無駄に税金を払っていることも判明しましたし、今は適した額を払ってます。余計な額は払っていません。誰も雇ってはいませんが、それでも会社にするということが、お金との付き合い方で一番重要だったような気がします。僕は売りません、売るのは会社です、と切り分けることで、スムーズに進むようになりました。

でもあの十歳の時から、この商人の血がなぜかあったというのも不思議です。僕の両親は二人とも会社を立ち上げたりしてませんし、やり方も知らないはずです。でも、なぜか何をいくらで売る、ってことがすぐ頭の中で計算できていたのは、サカリオを作ったからじゃないかと考えてます。今でもあの時のままです。絵を描いたら、売る、本を書いたら、売る。こういう自由業は食っていけない職業だと誤解されているところがありますが、そんなことはありません。人に合わせずに、膨大な量を作る、これだけが創造を仕事とする人には重要なことです。人の依頼に応えていたら、食っていけなくなります。とにかく毎日、作る。それには日課が重要になり、日課に従えば、依頼を超える分量の仕事が無尽蔵に生まれる。無尽蔵に生まれるくらいの好きなことに毎日三時間くらい集中できるようにする、ということくらいです。大事なことは。売る前に、膨大な量の作品を作ってみてください。若い人に言えるのはそれだけです。作らない限り先はありません。毎日作る、それが自然とあなたが食べていける現実を作りだす尽きることないエンジンになってくれることでしょう。僕は自分の経験からでしかモノが言えませんが、それだけは断言できます。食っていけていない人は単純に作っていないだけです。作っていれば、理解してくれる人は少数かもしれませんが、絶対に、食えなくなることはありません。絵が一枚も売れなかったゴッホだって、そうだったんです。ま、ゴッホと僕たちは違います。こちらに才能はありません。でも、作る量だけなら、並ぶことはできるんです。ぜひ皆さんもトライしてみてください。自動的に死ぬまで作りつづけることを見つけるんです。見つけるといっても、それは幼い頃にあなたがやってたことです。それを思い出すんです。そして、飢え死にしてもいいと決めて、ひたすら夢中でやってみるんです。飢え死にするよりも先に、作品が売れると確信してます。ま、僕は思い込みが激しい人でもありますので、自分で判断してやってみてくださいね。何よりも現実は自分で創造するということが唯一の鍵です。それ以外の方法はありませんから。

現実⑦の「メディア王」は今は、ただのTwitter中毒の僕ですね。でも、それが一応、宣伝になってるみたいなので、よしとしましょう。でも正直言うと、インターネットはそんなに必要ではなくなってくるんじゃないかと思ってもいます。僕も「Twitter以外のメディアを作りたいと思ってます。ファンクラブの会報誌とかあんな感じで手作り感満載の印刷物を、つまりはあのときの学級新聞みたいなノリをまた新しく見つけ出したいなと最近は考えてます。

そして、最後の現実⑧「いじめ調査隊」、これは今も続けている「いのっちの電話」になってますね。今はもしかしたら、これが一番僕にとって重要な現実かもしれません。もちろんお金にはなりませんが、それを飛び越えてしまってます。もう人を助けるための機関とかそういうことですらなくなってます。これこそ、声だけで出来上がった空間、僕がこの本の中で繰り返し書いていた「思考の巣」が都市のようになった姿なのではないかと感じてます。今はまだ、僕だけがやっている馬鹿げたことかもしれません。しかし、もう電話がつながるだけで人が安心しているのを感じてます。そこが声だけなのに、その人を安心にさせる空間、時間、現実になっているような気がするのです。僕が小さい時からずっと続けてきたこの「作る」という行為、その究極の目標が、人々が暮らす都市を作りだすということだと思っていたのですが、都市なのか、共同体なのか、思考という巣なのか、まだ僕はわからないのですが、それに近いことが現実に、具体的に目に見える形になって、浮かび上がってきているような実感があります。二〇一二年にはじめたこの「いのっちの電話」ももうすぐ十年になります。僕は死ぬまでこの仕事をやっていこうと思っていますが、二十年後くらいには完全に自殺者をゼロにしたいと思います。つまり、誰も現実脱出なんて必要ないよ、だって、現実ってのは自分で作るもんだから、とみんなが自覚したような世界です。まだまだ夢想家の妄想に過ぎないかもしれませんが、僕が毎日、電話を出る限りでは少しずつそのユートピアの建設が声だけで行われているように感じます。

と、そんなわけで二〇二〇年版の僕の現実脱出論、多(他)現実創造論、健康創造論を書いてみました。

もちろんこれもまた数年後には変化してるはずです。

どんどん変わっていきましょう。そして、光のように動けるようになりましょう。風のように揺れてどこまでも行けるようになりましょう。土みたいにいつもどんな環境でも変形させて安定できるようになりましょう。人間から離れれば離れるほど良い結果を生みそうです。人間以外の他の生き物、無生物たちの声に耳を傾けてみましょう。そのために、あなたの独自の現実が必要なのです。自分の体を自分のものにせずに、どんどん他の生き物に開いていきましょう。きっと、体が楽になるはずです。あなたが健康でいるということが、きっと人間以外の生き物や空や風にとって心地よい現実であるはずです。現実は無数に創造できると気づいたあなたは、あなた自身にとっての最良の現実となるでしょう。

二〇二〇年七月一日　熊本の書斎にて

坂口恭平　☎０９０-８１０６-４６６６

解説　自らに固有の「巣」を作るために

安藤礼二

現実を脱出するとは、現実から逃避することではない。

そうではなく、現実というものが一体何であったのかをあらためて知るためにいったん現実の外側に出て、そこに立つことである。外側から見た現実は、これまでとはまったく異なった相貌をあらわにする。そこでは時間は均等に流れておらず、空間もまた均等に広がっていない。時間は早まり、あるいは停滞する。空間は縮まり、あるいは膨張する。

現実は一つではない。

坂口恭平はそう宣言する。人はそれぞれ異質の時間と異質の空間を生きている。より正確に言うならば、自分に固有の時間と空間をいまこの場に作り上げ、そこで生活している。幼い頃から「僕」は「巣」を作り続けてきた。自分に与えられたありあわせの「もの」から、自分にしか作ることができない「巣」を作ってきた。だから建築家を志した。坂口はそう語っている。

　大学で建築を学びはじめた坂口がはじめて深く掘り下げていった対象もまた自分のように、しかし自分とはまったく異なった方法で「巣」を作り続けてきた人々、路上生活者と呼ばれる人々が身のまわりの「もの」から作り上げた個性的で創造的なさまざまな「家」だった。そうした「家」を訪ね、ともに生き、その在り方を記録したものが坂口の大学卒業論文となり、最初の書物、『0円ハウス』（リトルモア、二〇〇四年）となった。

　フィールドワークの記録であり、写真集であり、ドローイング集でもあるその特異な書物の末尾に坂口はシンプルではあるがきわめて美しく、同時にこれから自分が進んでいく道を暗示するかのような「あとがき」を付している。「路上の家には創造性と現実性が同時に溢れかえっている」。そこにはどれ一つとして同じものはない。「住人自らが作った家というものは、絶えず運動と変化を繰り返し、秩序とずれが同居している。輪郭は常にゆらゆらと揺れ、しかもそれが調和を生み出している」。鳥が「巣」を作るようにして建てられたそうした「家」は、現実という三次元の世界、現実を成り立たせている三次元の知覚を軽々と乗り越え、そこに現実の外側に確実に存在している高次元の世界にして高次元の知覚を切り拓いてくれるのだ。「路上の家は、まさに人間の持っている柔軟で複雑な高次元の知覚そのものとなっていた」。

それでは一体なぜ、路上生活者と呼ばれている人々がそのような独自の「家」を建てることができ、自らに固有の「巣」を作ること、つまりは創造的な建築家であることを目指してきた坂口が、彼ら、彼女らにこれほど深く共感することができたのか。いずれも「正常」とされる均質で均等の時間と空間、すなわち現実から排除されてきた者たちだったからだ。本書のなかで、坂口はこう書き残してくれている。「これらの人々は、現実では路上生活者、精神障害者、認知症患者などと枠にはめられてしまう。そして、現実的にはあり得ないことや、捉えることのできないことをする人間として、すみやかに排除される。もちろん、安定した社会を円滑に進めていくという目的のために」。

現実から排除されてきた者たちであったからこそ、現実というものを相対化でき、その外側に立つことができたのだ。坂口もまた一つの病を、躁鬱病という二つの極のいずれにおいても現実から離脱せざるを得ない病を生きなければならない「病者」であった。病は旅をすることに似ている。坂口はそう記してもいる。高次元の世界への、高次元の知覚への移行である、と。現実とは異なった時間と空間に身を移さざるを得なくなった者たちからあらためて現実を捉えたとき、それはどのように見え、どのように感じられるのか。

現実こそが逆に仮想空間なのである。リアルではなくヴァーチャルなのである。一つの現実という理解こそが作り物、フィクションだったのだ。実際に人々が生きている現実とは、つねに流動し変化することをやめない多層構造をもつものであった。いわゆる一つの現実とは、そうした複雑で混沌とした高次元の知覚にして高次元の世界をきわめて単純化し抽象化した果てに見出されたものに過ぎなかった。だから、現実を絶対視し、それに盲目的に従ってしまうことから不幸が、死にまで至る自己破壊がはじまってしまうのだ。

しかしながら、坂口はフィクションとしての現実を一概に否定し去るわけではない。現実がなければ異なった人間同士、異なった「巣」にして異なった世界同士が互いに交流することは不可能になってしまう。現実とは、異質なもの同士の間にコミュニケーションを可能にするために共同で作り上げられたフィクションだった。人間という集団が作り出さざるを得なかった「生き延びるための建築」だった。だから、現実がはじめて可能にしてくれたコミュニケーションを否定するのではなく、それを豊かにしていかなければならないのだ。

「生き延びるための建築」を多種多様に展開し、豊饒化していく。そのためには、一体どうしたらいいのか。自らの内に「思考の巣」を育むのだ。現実とは異なった別の空間、別の時間の芽となるもの、新たな知覚、新たな感覚の芽となるものを育んでいく。「思考」とは現実とは別の空間にして別の時間、新たな知覚にして新たな感覚の設計図となるようなもののことだった（なんとも新しく、きわめて新鮮な「思考」の定義である！）。そして、そのような「思考の巣」とは、人間であれば誰でもがもっている根源的で原型的なものでもあった。

誰もがそこに還っていき、誰もがそこから生まれてくる場。だから「巣」だったのだ。坂口自身の言葉を借りれば、こうなる。「思考とは、人間がその営巣本能によって内側に形成した「巣」なのだ」、と。森羅万象あらゆるものから発する声を聴き、それゆえ森羅万象あらゆるものに生命を感じ取っていた「太古の人」のように、生命をもったあらゆる「もの」から「巣」を作り直す、つまりは時間と空間を組織し直さなければならないのだ。

坂口はさらに考察を進めていく。「思考の巣」をもつのは人間だけに限られない。坂口は「太古の人」のように外界を繊細に感受せざるを得ない「病者」としての自分を解剖していく。いま自分が生きざるを得ない躁鬱病、それは幼虫から蛹（さなぎ）をへて成虫へといたる「変態」を体験しているようなものではないのか。そうだとしたなら、病という個性を抱えることで、人間には昆虫へと変身していく道がひらかれている。坂口は、あたかもカフカのように、あえて言うならば「野生」のカフカのように思考し、表現し、生きている。そして、自らを実験台として、こう結論を下す。あらゆる生命体が「思考の巣」を自らの内に孕んでいる。動物も植物も、あるいは鉱物でさえ、自分が生きている独自の環境を認識し、そこから糧を得ている。だからこそ、人間は動物にも植物にも鉱物にもなることができる。

*

坂口恭平がまとめあげた本書、『現実脱出論』をはじめて読み終えたときの衝撃はいまだに忘れることができない。ここには間違いなく独創的な哲学、「野生」の表現哲学としか名づけることができない「思考」の軌跡が記されている。きわめて個人的な体験にもとづきながら、それがある種の普遍にひらかれている。そう驚嘆させられた。

私がまず真っ先に思い浮かべたのが、私自身が編集者から批評家へと変身していく過程で最後に手がけた一冊の書物、結局刊行まではたずさわることができなかった一冊の書物との共振であり、交響であった。フランスの哲学者、ジル・ドゥルーズが自らの意志によって遺著と位置づけ、刊行した『批評と臨床』(一九九三年)、特にその序言と「文学と生」と題された第1章である(以下、二〇一〇年に刊行された守中高明と谷昌親による河出文庫版の邦訳を参照している)。

そこでドゥルーズは、若きアルチュール・ランボーがいまだ驚異の詩人として世に出る前に残した表現原論である「見者の手紙」をもとに、独自の表現哲学を練り上げている。ドゥルーズは言う。文学とは錯乱である。作家とは、錯乱の直中で、通常では見ることのできない現実の外側にある光景を見ることができた者であり、現実の外側にある諸感覚、響き、香り、味わい等々を感じ取ることができた者である。

錯乱とは、現実の「外」の体験であると同時に、通常では区別されてしまう諸感覚を一つに融合し、総合してくれる手段でもある。だから、作家とは見者であり、同時に聴く人、ただし「見まちがい言いまちがった」人、特異な色彩画家にして特異な音楽家なのだ。作家が記す言葉は意味だけを伝えるものではない。意味と同時に、意味と入り混じった色と香りと音を、より繊細な諸感覚が一つに融け合った意味の塊を、「詩」として伝えてくれるのだ。

ドゥルーズは、さらにこうも言ってくれている。錯乱は狂気と区別がつかないし、作家は病者と区別がつかない。錯乱というプロセスが停止したとき、作家は狂気に陥り、病者となる。プロセスの停止に抗い、現実の外側の風景を見続け、現実の外側の風景を感じ続けられた者こそが作家となることができる。自らに与えられた生命の条件をぎりぎりまで生き続けられた者が作家となることができる。「外」とは抽象的で苛酷な場所であるとともに具体的で豊饒な場所でもある。そういった意味で、作家とは病者ではなく、むしろ医者、「自分自身と世界」に治癒をもたらすことができる医者なのだ。作家は自らの症例を診察し治療すること、つまりは「臨床」(clinique)を表現としての「批評」(critique)へと転換することができた者なのだ。あるいは、錯乱の直中から健康を創造することができた者なのだ。文学とは錯乱であるとともに、明らかに一つの健康の企てでもある。

ドゥルーズが最後に残してくれた書物の冒頭に、坂口恭平が生き、表現せざるを得なかった世界が過不足なくあらわされている。坂口は、ドゥルーズとはまったく異なる方法で、まったく同じ表現の領域にたどり着いたのである。本書に「文庫版のための書き下ろし」として付け加えられた第7章「現実創造論」を読んでみれば、坂口が自己に対する「批評と臨床」を実践し、自らの病を健康の企てへと見事に転換させたことがわかる。ランボーが「言葉の錬金術」を実現したとするならば、言葉のみならずさまざまな素材をもとに独自の表現世界を展開している坂口恭平は「物質の錬金術」を実現し、「見者」としての詩人であるとともに、可視の世界と不可視の世界、人間の世界と森羅万象あらゆるものに宿る精霊の世界を一つに結び合わせるシャマンとしての野生人（「太古の人」）であり、自らにとっての固有の「巣」を人類にとっての普遍の「未来都市」にまで拡張していくことを可能にする総合芸術家（「巣作り職人」）となったのである。

本書は、二〇一四年九月二十日に講談社現代新書として刊行
されたものに、第7章を書き下ろしで増補したものです。

ちぐはぐな身体（からだ）　鷲田清一

ファッションは、だらしなく着くずすことから始まる。中高生の制服の着崩し、コムデギャルソン、刺青等から身体論を語る。（永江朗）

住み開き 増補版　アサダワタル

自宅の一部を開いて、博物館や劇場、ギャラリーにしたり、子育て世代やシニアの交流の場にしたりして人と繋がる約40軒。7軒を増補。（山崎亮）

セルフビルドの世界　石山修武＝文　中里和人＝写真

自分の手で家を作る熱い思い。トタン製のバー、貝殻製の公園、アウトサイダーアート的な家、0円〜500万円の家、カラー写真満載！（渡邊大志）

ナリワイをつくる　伊藤洋志

暮らしの中で需要を見つけ月3万円の仕事を作り、それを何本か持てば生活は成り立つ。DIY・複業・お裾分けを駆使し仲間も増える。（鷲田清一）

ブコウスキーの酔いどれ紀行　チャールズ・ブコウスキー　中川五郎訳

泥酔、喧嘩、二日酔い。酔いどれエピソードと嘆き節がぶつかり合う、伝説的カルト作家による笑いと涙の紀行エッセイ。（佐渡島庸平）

夢を食いつづけた男　植木等

俳優・植木等が描く父の人生。義太夫語りを目指し、のちに住職に。治安維持法違反で投獄されても平和と平等のために闘ってきた人生。（栗原康）

嫌ダッと言っても愛してやるさ！　遠藤ミチロウ

パンクロックの元祖ザ・スターリンのミチロウ初期エッセイ集。破壊的で抒情的な世界。未収録エッセイや歌詞も。帯文＝峯田和伸（石井岳龍）

狂い咲け、フリーダム　栗原康編

国に縛られない自由を求めて気鋭の研究者が編む。大杉栄、伊藤野枝、中浜哲、朴烈、金子文子、平岡正明、田中美津ほか。帯文＝ブレイディみかこ

自作の小屋で暮らそう　高村友也

好きなだけ読書したり寝たりできる。誰にも文句を言われず、毎日生活ができる。そんな場所の作り方。推薦文＝高坂勝（かとうちあき）

深沢七郎の滅亡対談　深沢七郎

自然と文学（井伏鱒二）、「思想のない小説」論議（大江健三郎）、ヤッパリ似た者同士（山下清）他、人間滅亡教祖の終末問答19篇。（小沢信男）

花の命はノー・フューチャー　ブレイディみかこ

移民、パンク、LGBT、貧困層。地べたから見た英国社会をスカッとした笑いとともに描く。200頁分の大幅増補！　推薦文＝佐藤亜紀　（栗原康）

Ai　ジョン・レノンが見た日本　ジョン・レノン絵　オノ・ヨーコ序

ジョン・レノンが、絵とローマ字で日本語を学んだスケッチブック。「おだいじに」「毎日生まれかわります」などジョンが捉えた日本語の新鮮さ。

大正時代の身の上相談　カタログハウス編

他人の悩みはいつの世も蜜の味。大正時代の新聞紙上で１２９人が相談した、あきれた悩み、深刻な悩みが時代を映し出す。（小谷野敦）

独居老人スタイル　都築響一

〈高齢者の一人暮し＝惨めな晩年？〉いわれなき偏見をぶっ壊す16人の大先輩たちのマイクロ・ニルヴァーナ。話題のノンフィクション待望の文庫化。

間取りの手帖　remix　佐藤和歌子

世の中にこんな奇妙な部屋が存在するとは！　間取りと一言コメント。文庫化に当たり、間取りとコラムを追加し著者自身が再編集。（南伸坊）

既にそこにあるもの　大竹伸朗

画家、大竹伸朗「作品への得体の知れない衝動」を伝える20年間のエッセイ。文庫では新作を含む木版画、未発表エッセイ多数収録。（森山大道）

年収90万円でハッピーライフ　大原扁理

世界一周をしたり、隠居生活をしたり。「フツー」に進学、就職してなくても毎日は楽しい。ハッピー思考術と、大原流の衣食住で楽になる。（小島慶子）

スロー・ラーナー［新装版］　トマス・ピンチョン　志村正雄訳

著者自身がまとめた初期短篇集。「謎の巨匠」がみずからの作家生活を回顧する序文を付した話題作。驚異に満ちた世界。（高橋源一郎、宮沢章夫）

ハーメルンの笛吹き男　阿部謹也

「笛吹き男」伝説の裏に隠された謎はなにか？　十三世紀ヨーロッパの小さな村で起きた事件を手がかりに中世における「差別」を解明。（石牟礼道子）

超芸術トマソン　赤瀬川原平

都市にトマソンという幽霊が！　街歩きに新しい楽しみを、表現世界に新しい衝撃を与えた超芸術トマソンの全貌。新発見珍物件増補。（藤森照信）

考現学入門　今和次郎　藤森照信編

震災復興後の東京で、都市や風俗への観察・採集からはじまった〈考現学〉。その雑学の楽しさを満載し、新編集でここに再現。（藤森照信）

路上観察学入門　赤瀬川原平／藤森照信／南伸坊編

マンホール、煙突、看板、貼り紙……路上から観察できる森羅万象を対象に、街の隠された表情を読みとる方法を伝授する。（とり・みき）

TOKYO STYLE　都築響一

小さい部屋が、わが宇宙。ごちゃごちゃと、しかし快適に暮らす、僕らの本当のトウキョウ・スタイルはこんなものだ！　話題の写真集文庫化！

自然のレッスン　北山耕平

自分の生活の中に自然を蘇らせる、心と体と食べ物のレッスン。自分の生き方を見つめ直すための詩的な言葉たち。帯文＝服部みれい（曽我部恵一）

バーボン・ストリート・ブルース　高田渡

流行に迎合せず、グラス片手に飄々とうたい続け、いぶし銀のような輝きを放ちつつ逝った高田渡の酔いどれ人生、ここにあり。（スズキコージ）

素敵なダイナマイトスキャンダル　末井昭

実母のダイナマイト心中を体験した末井少年が、革命的野心を抱きながら上京、キャバレー勤務を経て伝説のエロ本創刊に到る仰天記。（花村萬月）

青春と変態　会田誠

著者の芸術活動の最初期にあり、高校生男子の暴発するエネルギーを、日記形式の独白調で綴る変態的青春小説もしくは青春的変態小説。（松蔭浩之）

官能小説用語表現辞典　永田守弘編

官能小説の魅力は豊かな表現力にある。本書は創意工夫の限りを尽したその表現をピックアップした、日本初かつ唯一の辞典である。（重松清）

増補　エロマンガ・スタディーズ　永山薫

制御不能の創造力と欲望で数多の名作・怪作を生んできた日本エロマンガ。多様化の歴史と主要ジャンルを網羅した唯一無二の漫画入門。（東浩紀）

いやげ物　みうらじゅん

水で濡らすと裸が現われる湯吞み。着ると恥ずかしい地名入Tシャツ。かわいいが変な人形。抱腹絶倒土産物、全カラー。（いとうせいこう）

USAカニバケツ　町山智浩
大人気コラムニストが贈る怒濤のコラム集！　スポーツ、TV、映画、ゴシップ、犯罪……。知られざるアメリカのB面を暴き出す。（デーモン閣下）

戦闘美少女の精神分析　斎藤環
ナウシカ、セーラームーン、綾波レイ……「戦う美少女」たちは、日本文化の何を象徴するのか。「おたく」「萌え」の心理的特性に迫る。（東浩紀）

映画は父を殺すためにある　島田裕巳
〝通過儀礼〟で映画を分析することで、隠されたメッセージを読み取ることができる。宗教学者が教える、ますます面白くなる映画の見方。（町山智浩）

無限の本棚　増殖版　とみさわ昭仁
幼少より蒐集にとりつかれ、物欲を超えた〝エアコレクション〟の境地にまで辿りついた男が開陳する驚愕の蒐集論。伊集院光との対談を増補。

死の舞踏　スティーヴン・キング　安野玲訳
帝王キングがあらゆるメディアのホラーについて圧倒的な熱量で語り尽くす伝説のエッセイ。「2010年版へのまえがき」を付した完全版。（町山智浩）

間取りの手帖　remix　佐藤和歌子
世の中にこんな奇妙な部屋が存在するとは！　間取りと一言コメント。文庫化に当たり、間取りとコラムを追加し著者自身が再編集。（南伸坊）

大正時代の身の上相談　カタログハウス編
他人の悩みはいつの世も蜜の味。大正時代の新聞紙上で129人が相談した、あきれた悩み、深刻な悩みが時代を映し出す。（小谷野敦）

日本地図のたのしみ　今尾恵介
地図記号の見方や古地図の味わい等、マニアならではの楽しみ方も、初心者向けにわかりやすく紹介。「机上旅行」を楽しむための地図「鑑賞」入門。

旅の理不尽　宮田珠己
旅好きタマキングが、サラリーマン時代に休暇を使い果たして旅したアジア各地の脱力系体験記。鮮烈なデビュー作、待望の復刊！（蔵前仁一）

国マニア　吉田一郎
ハローキティ金貨を使える国があるってほんと⁉　私たちのありきたりな常識を吹き飛ばしてくれる、世界のどこか変てこな国と地域が大集合。

幕末単身赴任 下級武士の食日記 増補版　青木直己

きな臭い世情なんてなんのその、単身赴任でやってきた勤番侍が幕末江戸の〈食〉を大満喫！ 残された日記から当時の江戸のグルメと観光を紙上再現。

神国日本のトンデモ決戦生活　早川タダノリ

これが総力戦だ！ 雑誌や広告を覆い尽くしたプロパガンダの数々が浮かび上がらせる戦時下日本のリアルな姿。関連図版をカラーで多数収録。

誰も調べなかった日本文化史　パオロ・マッツァリーノ

土下座のカジュアル化、先生という敬称の由来、全国紙一面の広告。――イタリア人（自称）戯作者が、資料と統計で発見した知られざる日本の姿。

建築探偵の冒険・東京篇　藤森照信

街を歩きまわり、古い建物、変わった建物を発見し調査する〝東京建築探偵団〟の主唱者による、建築をめぐる不思議で面白い話の数々。（山下洋輔）

鉄道エッセイコレクション　芦原伸編

本を携えて鉄道旅に出よう！ 文豪、車掌、音楽家――、生粋の鉄道好き20人が愛を込めて書いた「鉄分100％」のエッセイ／短篇アンソロジー。

ヨーロッパぶらりぶらり　山下清

「パンツをはかない男の像はにが手」「人魚のおしりは人間か魚かわからない」。〝裸の大将〟の眼に映ったヨーロッパは？ 細密画入り。（赤瀬川原平）

坂本九ものがたり　永六輔

名曲「上を向いて歩こう」の永六輔・中村八大・坂本九が歩んだ戦中戦後、そして3人が出会ったテレビ草創期。歌に託した思いとは。（佐藤剛）

日々談笑　小沢昭一

話芸の達人の、芸が詰まった一冊。柳家小三治と佐渡の芸能話、網野善彦と陰陽師や猿芝居の話、清川虹子と喜劇話……多士済々17人との対談集。

おかしな男 渥美清　小林信彦

芝居や映画をよく観る勉強家の彼と喜劇マニアのぼく。映画「男はつらいよ」の〈寅さん〉になる前の若き日の渥美清の姿を愛情こめて綴った人物伝。（中野翠）

ウルトラマン誕生　実相寺昭雄

オタク文化の最高峰、ウルトラマンが初めて放送されてから40年。創造の秘密に迫る。スタッフたちの心意気、撮影所の雰囲気をいきいきと描く。

脇役本　濵田研吾
映画や舞台のバイプレイヤー七十数名が書いた本、関連書などを一挙紹介。それら脇役本が教えてくれる秘話満載。古本ファンにも必読。（出久根達郎）

時代劇 役者昔ばなし　能村庸一
「鬼平犯科帳」「剣客商売」を手がけたテレビ時代劇名プロデューサーによる時代劇役者列伝。春日太一氏との語り下ろし対談を収録。文庫オリジナル。

東京酒場漂流記　なぎら健壱
異色のフォーク・シンガーが達意の文章で綴るおかしくも哀しい酒場めぐり。薄暮の酒場に集う人々との無言の会話、酒、肴。（高田文夫）

旅情酒場をゆく　井上理津子
ドキドキしながら入る居酒屋。心が落ち着く静かな店も、常連に囲まれ地元の人情に触れた店も、それもこれも旅の楽しみ。酒場ルポの傑作！

満腹どんぶりアンソロジー
おーい、丼（どん）　ちくま文庫編集部編
天丼、カツ丼、牛丼、海鮮丼に鰻丼。こだわりの食べ方、懐かしい味から思いもよらぬ珍丼まで作家・著名人の「丼愛」が迸る名エッセイ50篇。

ひりひり賭け事アンソロジー
わかっちゃいるけど、ギャンブル！　ちくま文庫編集部編
勝てば天国、負けたら地獄。麻雀、競馬から花札や手本引きまで、ギャンブルに魅せられた作家たちの名エッセイを集めたオリジナルアンソロジー。

赤線跡を歩く　木村聡
戦後まもなく特殊飲食店街として形成された赤線地帯。その後十余年、都市空間を彩ったその宝石のような建築物と街並みの今を記録した写真集。

異界を旅する能　安田登
「能」は、旅する「ワキ」と、幽霊や精霊である「シテ」の出会いから始まる。そして、リセットが鍵となる日本文化を解き明かす。（松岡正剛）

老人力　赤瀬川原平
20世紀末、日本中を脱力させた名著『老人力』と『老人力②』が、あわせて文庫に！　ぼけ、ヨイヨイ、もうろくに潜むパワーがここに結集する。

裸はいつから恥ずかしくなったか　中野明
幕末、訪日した外国人は混浴の公衆浴場に驚いた。日本人が裸に対して羞恥心や性的関心を持ったのはいつなのか。「裸体」で読み解く日本近代史。

ちくま文庫

現実脱出論(げんじつだっしゅつろん) 増補版(ぞうほばん)

二〇二〇年十一月十日 第一刷発行

著者 坂口恭平(さかぐち・きょうへい)

発行者 喜入冬子

発行所 株式会社 筑摩書房

東京都台東区蔵前二―五―三 〒一一一―八七五五

電話番号 〇三―五六八七―二六〇一(代表)

装幀者 安野光雅

印刷所 中央精版印刷株式会社

製本所 中央精版印刷株式会社

ISBN978-4-480-43700-6 C0195